機械人形

災難的開始

DEAD GAME 0000001

白修宇_

有著沉重黑暗的過去，痛恨白家。
外表看似溫和有禮，事實上極為冷漠，
只在乎自己所重視的人。

_黑帝斯

來自異空間的機械人形，性格高傲而自信，
即使是面對自己所選擇的主人白修宇也只是口頭上的尊敬。

李政瑜_

陪伴白修宇長大的好友，同時也是白修宇的護衛，
在知道白修宇被迫成為機械人形黑帝斯的主人後，
毫不猶豫的成為白修宇的「防禦」助手。

_楊雪臻

喜歡白修宇的女孩，極有自我想法。
由於其父為傭兵出身，教導她許多格鬥技巧，
因此成為白修宇的「攻擊」助手。

目錄

DEAD GAME 0100
序　幕

一道身影，邁著堅定而沉重的步伐，緩緩走過幾處迴廊，邁進了一座雄偉的殿堂。

殿堂內，所有建築都是用一種黑亮的石材所築成。支撐殿堂的數十根粗大黑色石柱，按照著某種特定的排列方式，靜靜地聳立著。

身影的主人一走至大殿中央，立即單膝跪地，頭微微低垂，以表達對殿上之人的敬意。

「我王，已經將人形全數傳送完畢。」

殿堂上，被尊稱為「我王」的男子頭微微地靠著撐在椅把上的左手，一副慵懶的樣子坐在主座上。即使男子只是坐著，但也不難看出他均勻優美的身型、寬闊的肩膀、厚實的胸膛及修長的雙腿……然而，男子卻有著一頭比白雪更加純白的長髮，而他的一雙眼睛，竟是生生被鐵絲貫穿縫起！

「嗯，亞克歷斯，你做得很好。」

「能為我王付出，這是屬下的榮幸。」亞克歷斯頭也不抬地說。

「我王」低低地笑了起來，「既然為我付出是你的榮幸……那麼我想你應該也願意去幫我捕捉那位『金色神風』吧？」

「……」亞克歷斯瞬間沉默了下來。

「我王」一個挑眉，優雅地笑道：「你不願意嗎？如果不願意那也無所謂，我可以派別人去……畢竟席格是你的父親，雖然他是叛軍，但讓你去捕捉他也太為難你了，不是嗎？」

亞克歷斯恭敬地回答：「不，請讓屬下去吧。您的騎士將會為您捕捉到那一道從不為任何人停留的風。」

「我王」滿意地點了點頭，「很好，去吧……我相信你的能力不會讓我失望的。」

亞克歷斯低垂著頭，恭恭敬敬地倒退幾步，然後才轉身離去——

那如鋼鐵般筆直的背部，訴說著他絕不回頭的決心。

DEAD GAME 0101
開　始

一陣風吹來。

很冷，冷到空氣似乎都要結冰了。

稀微的月光下，他靜靜地望著那個人，尖銳的匕首抵在那個人的胸前。

那個人的臉上沒有害怕、沒有慌亂，只有一片的平靜。

他想，如果現在角色對換，他應該也會和那個人一樣，不畏不懼，平靜地面對即將到來的死亡。

「……我要解脫了。」那個人微微一笑，抓住了他的手，竟是用力地將匕首刺進自己的胸口。

他的表情一變也沒有變，似乎那個人的行動早在他的預料之中，他只是一臉冷漠地將刀子從那個人的胸口拔出，鮮血漸漸地在那個人的胸口暈染開來。

那個人慢慢地倒在地上，望著他的眼中有著深深的憐憫。

「聽說人死後會有天堂地獄……如果真的有……你想我們也可以去嗎？」那個人問著，隨即又悽楚地笑了起來。

「哈……不能去吧……連地獄都不會接受我們……因為我們……因為我們根本就只是……」

未盡的言語，那個人已經永遠閉上了雙眼。

他凝視著那個人的臉，在他能思考前，手中的刀子竟再次落下，一次又一次，瘋狂地割裂那個人的臉。

鮮血飛濺，那個人的臉已經被他切得不成樣子，他卻仍然揮動著刀子，眼眶落下的淚水混合了血的顏色。

匕首從他的手上滑了出去，他這才愣愣地看著自己滿手的鮮血，隨即一臉惶然地望向那個人已經被割得滿目瘡痍的臉。

驀地，那個人殘破的眼瞼睜開，露出了一雙沒有眼珠的血窟窿，直直地「看」著他——

白修宇猛然張開了雙眼！

黑板前，數學老師正振筆疾飛地書寫著一列列的公式，大部分的同學都在努力抄寫，只有幾個學生在打著瞌睡，或偷看雜誌、漫畫。

白修宇偏頭看了看窗外，茱萸的樹枝上長滿新生的嫩葉，在初春的暖陽裡，隨風緩緩搖曳。

他剛才……睡著了？白修宇只覺一片背部冷汗，沒想到自己居然會睡著，而且還做了那個夢……

坐在他旁邊的好友李政瑜丟來一張小紙條，白修宇將紙條打開一看，只見上頭寫著——昨天沒有睡好嗎？還是身體不舒服？

白修宇原本冰冷的一顆心瞬間溫暖了起來，他向李政瑜搖搖頭，表示自己沒什麼事，只是因為課堂太無聊了，所以才會不小心睡著。李政瑜的眼中雖然帶著懷疑，但也體貼地沒有多問。

為了轉移注意力，白修宇打起精神，開始抄寫起黑板上的數學公式——雖然這些他早就已經學過了。

枯燥乏味的一堂課終於過去，美妙的鐘聲一響起，白修宇拿起書包，和李政瑜打了聲招呼後，便匆匆走出學校。

白修宇先去了趟超市，回到家的時候，時針剛好指到六。

一如往常的作息，象徵著他夢寐以求的平靜生活。

放下了頗有重量的塑膠袋，白修宇走回房間，打算把書包整理一下，換件衣服出來煮晚餐。

雙眉一個皺起，白修宇在書包裡，發現了一樣不屬於自己的東西。

那東西的大小形狀，跟一顆雞蛋沒有什麼不同，但卻是紅色的，非常非常鮮豔的紅色。

是誰放進去的？剛剛收書包時明明還沒有這個東西。白修宇一邊越想越困惑，一邊也不由得仔細打量起那個東西。

紅色的表層好像在流動，跟液體一樣，但是握在手裡的感覺卻是冰冷的固體。

「……血？」

看著「蛋」的紅色表層，白修宇的嘴裡剛吐出了這個字，忽然，那紅色表層平滑的部分瞬間些微凸起，形成了幾個字跡。

予以血液進行認主設定。

白修宇一愣，揉了揉眼睛，確定自己果然沒有看錯。彷彿鬼使神差似地，他卻是走到書桌從抽屜裡拿出小刀，在食指指腹上用力一劃，將滲血的食指按住了左手中的詭異物品。

白修宇心臟跳得很快。他不該在這種沒有探查清楚的情況下，貿然照這詭異東西的指示去做，可是他明知如此，身體卻好像被操縱的玩偶，完全不受他的控制！

一股吸力一點一滴地吸取白修宇指尖的血液，雖然有點痛，但還不到無法忍耐的程度，但光是剛才身體不受控制的異狀，就夠讓人惴惴不安了。

過了大約一分鐘，吸力終於停止的同時，白修宇手中的「蛋」發出了一聲清脆聲響，竟然出現數條裂痕。

裂痕一出現，「蛋」整個憑空飄浮了起來，數道絢爛刺目的紅光乍然從裂痕處射出。白修宇只覺得雙眼一痛，連忙偏頭閉起眼睛。

好一會兒後，感覺到那刺眼的紅光緩緩消失，白修宇這才慢慢睜開眼睛，而當他一看清眼前的景象，第一個反應就是——抬手擦擦眼睛。

沒有看錯，也不是幻覺，在他的面前站著一個赤裸的男人！

而且他還是個身材非常好的男人，全身肌肉並不突出，但呈現非常完美的流線型，宛如一頭獵豹。

男人的長相也非常出色，白修宇這輩子還沒看過比面前這個男人更好看的人了，如果換成某些激進的女性，說不定已經一邊尖叫一邊撲上去把這個男人給推倒了。

「你是誰？」白修宇眉一皺，冷冷地問道。

男人用著一種就連三歲小孩看了也知道的打量眼神，將白修宇從頭到尾仔細地打量了一次，嘴角微微上揚，表情有著滿意。

「主人，您就如我所想的聰明，沒有問我從哪裡出現。」

「主人？」

「是的，血液予以認主，我想主人您應該還有印象。」男人微微欠身，做出一個行禮的姿態。

「我記得……」

頓了一頓，白修宇一臉漠然地說道：「可以麻煩你先穿件衣服嗎？你這樣我不知道眼睛該看哪裡才好。」

雖然眼前這個詭異的「東西」外表上和他一樣屬於男性，但白修宇從來沒有欣賞同性裸體的愛好。

「遵命。」

男人再度一個行禮，隨即，一幅只能用不可思議四個字來形容的景象，在白修宇的眼前發生。

男人的皮膚表層浮出無數帶著微微光芒的黑色小點，那些黑色小點有組織地排列了起來，短短的幾眨眼後，男人已經穿上了一身黑色系服裝。從服裝的質料看來是屬於純棉的材質，可很奇怪的又具有光亮質感的效果。

男人拉拉衣領、整整袖口，朝著白修宇笑道：「這是我的標準穿著，希望主人滿意。」

「你穿什麼不關我的事。」

「哦，我的主人，您真是冷漠的可愛。」男人說著，嘴角卻是笑了起來。

白修宇坐在床鋪上，深深地吸了口氣。

他知道自己正處於一種錯亂的冷靜當中，大部分的人一產生自覺通常意識就會恢復正常，進而開始慌亂。但白修宇不一樣，就算知道自己現在的冷靜只是假象，他依然可以將這個假象繼續維持下去。

因為長久以來，他的家族就是如此教導著他，就算是虛假的冷靜，也總比真實的慌亂值得依賴。

白修宇說道：「現在我們可以好好談談了。我有幾個問題想問你，你可以回答我嗎？」

「當然了，主人。」男人笑著應承，下一秒卻提出一個要求，「不過在回答您的問題之前，可以請您先為我取一個名字嗎？」

「嗯，裸男。」

基於人性本善的出發點，白修宇沒有問為什麼，只是很好心地達成了男人的願望。

「主人，非常感謝您用一秒鐘不到的時間就為我想到了名字，可是這個名字我無法接受，請您另外取一個。」

男人的微笑相當迷人，回答也相當直截了當。

白修宇低頭思考三秒鐘，堅定地吐出聲音。

「小黑。」

對於這個名字，男人依舊保持著同樣的微笑，只是猛地向白修宇一個靠近。

「主人，失禮了。」

語音一落，男人毫無預警地一把抱起了白修宇，居然還是那種女性最憧憬的公主抱方式！

「你在做什麼？」

白修宇臉上的冷靜面具驟然碎裂，他覺得他的男性自尊受到了挑戰！

男人面無表情地說道：「我們被發現了。」

「被發現？」白修宇一愣，無法明白男人的解釋。

「目前無法使用同步模式，只能選擇逃跑。接下來會有點顛簸，請主人稍微忍耐一下。」

男人毫不理會白修宇的問題，自顧自地說完後，隨手一揮，房間的窗戶玻璃頓時碎裂，男人抱著他，縱身一跳躍過了窗！

五樓的高度對男人而言一點也不造成問題，白修宇只聽到耳邊幾聲風嘯，就已經穩當地落到了地面。

男人抬起頭望著上方說道：「主人，對方似乎有追擊的打算。」

白修宇順著男人的視線往上看去，從體型上判斷，他很確定有個女人站在他臥房的窗戶旁。

很快地，女人也採取了和男人同樣的舉動——毫不猶豫地從五樓一躍跳下。

男人見狀冷笑一聲，腳下輕點，身形如閃電般地奔出。白修宇只覺得自己彷彿坐在速度最快的火車裡，上一瞬的景物還沒看清，下一瞬就已經被它們遠遠拋在後頭。

不過從方向來判斷，白修宇能推測出是往距離只有一條街外，人潮較多的那間大型超市跑去。

在那個女人跳下前，白修宇依稀看到她的頭顱往左右擺動，而非往下眺看。這個動作很明白的表示出這種高度對女人來說完全不成問題，女人之所以左右擺動頭顱，不過是在確定有沒有其他人靠近。

好像過了不到幾個眨眼的時間而已，被男人抱著的白修宇已經身處人進人出的超市門口。

白修宇往來時的方向望去——那個女人果然沒有追來。不，也或許追來了，只是躲藏在某個角落裡等待機會也說不一定。

不過總而言之，危機暫時解除，所以白修宇的第一句話就是……

「把我放下。」

男人的嘴角浮現嘲諷般的一笑，「我還以為主人已經忘記被抱著的這件事了。」

「麻煩你把我放下，謝謝。」白修宇冷著臉重述了一次。

「遵從主人命令。」

男人字面恭敬的應了這麼一聲，語氣卻明顯的沒有多少敬意。

重新踏回地面，白修宇表情平靜無波，彷彿沒有注意到周圍人群對他們兩人以如此勁爆的方式登場時的驚訝目光。

「這家超市有速食店，現在這個時間人潮應該滿多的。」

男人的笑容加深，「是的，主人。」

白修宇冷冷看了男人一眼，雖然眼前的這個「東西」稱呼自己為主人，不過這個「東西」的態度可沒多少把他當主人的真誠……

或許連那麼一絲絲也沒有。

「跟我走吧。」

白修宇揉了揉眉間，轉身便頭也不回的往超市大門走，他不用回頭也知道，那一道黑色的身影將會亦步亦趨地跟上他的腳步。

DEAD GAME 0102

另一個空間

夜幕低垂，迷濛的雨絲輕輕飄灑，似乎有逐漸轉強的趨勢。

一輛鮮黃色的計程車在一棟外觀頗舊的住家前停了下來，車門打開，一名身材修長的少年走出車外。

白修宇走到門牌前按下電鈴，一陣清脆的電鈴聲響後，對講機上傳來了中年男性的聲音。

「找誰？」

「伯父你好，我是修宇，請問雪臻在家嗎？」

聽到他的名字，另一端的中年男子語氣中帶著驚喜，「啊啊，阿宇，是你啊？阿臻在家，你等等，阿伯馬上幫你開門。」

「謝謝伯父。」

沒有多久的時間，厚重的木門開啟，被白修宇稱為伯父的中年男子迎面而來就是一記熊抱。

「哈哈哈，阿宇，你這小子很久沒過來了！」

中年男子覺得抱夠了以後，這才心滿意足地放開熊臂，在白修宇的肩膀上重重拍了兩下。

中年男子的名字叫做楊文彬，聽起來斯文，人可一點都不斯文，而且身材壯碩，光是一隻臂膀就抵得過白修宇的雙臂了。

楊文彬的這兩下差點沒打得白修宇的肩膀脫臼。雖然疼痛，但他仍是保持著不變的溫雅笑容。

「伯父，我記得我上個禮拜才來過。」

「嘖，上個禮拜到今天，隔了將近五、六天啦！古人說一日不見如隔三秋，一天三年，六天就十八年啦！所以你天天來吧，最好是乾脆搬到阿伯這裡住，反正這個家裡什麼不多，房間最多了！」

對於楊文彬的熱情，白修宇只是淡淡笑道：「多謝伯父，我會考慮的。」

楊文彬很不滿意地搖搖頭，「你這小子不厚道啊，都已經考慮一年了，這樣還不夠久嗎？」

「伯父，就再讓我考慮一年吧，正好磨練您的耐心。」白修宇調笑似地說著，話題一轉，問道：「雪臻在樓上嗎？」

「是啊，你也知道她在家裡都穿得隨隨便便的，一聽到你來了，第一個反應就是跑上去換衣服。」

講起寶貝女兒的糗事，楊文彬的表情顯得很歡快。

「那我等一下——」

楊文彬打斷道：「不用等一下，你直接上去找她，都這麼久了，她再會磨，這時候也該換好了。」

白修宇深知楊文彬的個性，因此也不矯情推辭，微笑道：「那我就先上去找雪臻了。」

謝過楊文彬後，白修宇步上二樓，接著一個左轉，駕輕就熟地走到一扇門前，抬手輕輕敲了一敲。

「是我，可以進去嗎？」

門內傳來一陣抽屜關闔聲響的不久後，熟悉的少女聲音傳出：「進來吧，門沒鎖。」

得到主人的應允，白修宇轉動門把開門，便看見少女側身坐在書桌前。她穿著白襯衫和牛仔短裙，露出白藕般的細嫩雙腿，一頭柔軟的長髮綁成淑女式的公主頭。瓜子小臉，彎月般的雙眉，長長斜翹的睫毛下是一雙如秋水橫波的眼眸，以及小巧的俏鼻，泛著水水光澤的櫻唇……

這是一個任誰都會稱讚美麗的女孩。也因此每次看著這個女孩，再聯想起楊文彬的粗獷，白修宇總是會忍不住感嘆遺傳因子的神奇。

楊雪臻和楊文彬長得一點都不像，可是深入認識後，又會發現這對父女何其相像。

「我沒有想到你今天會過來。」楊雪臻的語氣有著明顯的訝異與困惑。

白修宇苦笑道：「我也沒有想到今天會過來找妳。」

沉吟片刻，楊雪臻的美目一瞬也不移地凝視著他，櫻唇微微開啟：「……發生什麼事情了？」

白修宇毫不逃避她的視線，不答反問：「妳願意知道嗎？知道一個人的祕密，就被賦予承擔那份重量的責任。」

楊雪臻的表情毫無起伏，將幾縷髮絲勾到耳後，說道：「這個問題的答案，你在來找我之前應該就想清楚了。」

「沒錯。」頓了一頓，白修宇形狀姣好的嘴角微揚，「可是我想給妳一個選擇的機會，因為這件事情太詭異也太不可思議，如果妳牽扯進來，也許會有生命危險。」

楊雪臻凝視著白修宇那出色的臉龐好一會，纖長的眼簾低垂，發出一聲若有似無的嘆息。

「就算你給了我選擇的機會……你也知道，只要是有關你的選擇，對我來說都沒有任何的意義。」

白修宇嘴邊的笑意未減反增，他就是知道楊雪臻對他的心意有多麼堅定，因此才會找上她。

雖然愛情是種虛無飄渺的東西，但不可否認，愛情卻也是一種非常值得利用的情感。

「黑帝斯，你可以出來了。」

隨著這一句話，白修宇全身的皮膚居然泛起一層剔透如琉璃的黑色薄膜。

楊雪臻第一次體會到什麼叫做因突發的狀況使得腦中一片空白，她只能愣愣地望著那層黑色薄膜倒映出自己的身影……接著那層薄膜扭曲著從白修宇的身上「滑落」到了地板上，開始組織成一個人體的形狀。

眼前發生的這一切太過超現實了，楊雪臻有些艱難的轉動脖子，將視線從黑帝斯的身上，轉移到白修宇的臉上。

只見白修宇保持著彷彿千年不變的笑容，搖頭說道：「很多事情我也還不清楚，如果妳不介意，我能告訴妳目前我所知道，也是我所經歷的部分。」

「說吧。」楊雪臻深深吸了一口氣，平靜失措的情緒。

近朱者赤，近墨者黑，能被白修宇認可的人，自然也不是那種一遇見預料外情況，便慌亂害怕的人了。

「這件事，要從今天傍晚說起了。」

書包中忽然出現的血蛋、滴血之後出現的裸男、莫名其妙的追殺……花不到半個小時，白修宇便將這一切簡單且清晰的轉述出來。

「在速食店的時候，黑帝斯說我可以不當他的主人，可是由於認主程序的問題，他就必須殺了我，才能去找下一個主人。」白修宇無奈地一笑。

「至於我的答案，妳看到現在的情形應該也明白了，我沒有興趣拿我的生命去賭黑帝斯是否在開玩笑。後來黑帝斯說我可以做一個選擇，選擇要不要找一個助手後，他就會告訴我我想知道的事情。」

「所以你就來找我了？」

「沒錯。有幫手總比沒有幫手來得好，而妳是我可以信任，也有足夠能力承擔起我信任的人。」

「如果我拒絕當你的助手呢？」楊雪臻問著，視線卻是看向黑帝斯。

黑帝斯狀似思索地摸了摸下巴，「這是個好問題。如果妳拒絕當主人的助手，那麼很遺憾，我就必須殺了妳，並且請主人尋找下一位助手，或者放棄助手了。」

這個答案似乎早在楊雪臻的預料之中，她食指指向黑帝斯，眼不動眉不挑地問道：「白同學，你確定你是這個東西的主人嗎？」

白修宇很配合的聳聳肩膀，露出了苦笑，「楊同學，我也很疑惑，雖然這個東西口頭上稱呼我為主人，不過我總覺得他才是主人的樣子，就連黑帝斯這個名字都是他自己取的。」

卻聽黑帝斯一副理所當然地笑道：「我是認為以主人的品味與格調，黑帝斯這個名字才符合跟隨主人的我使用，而且我保留了『黑』這個字。」

「……非常感激你還知道保留黑這個字。」白修宇撫著額頭，很是無力的嘆息。

收拾一下心情，再抬眼，白修宇神色平靜地問道：「黑帝斯，我已經決定要有助手，並且也找到人選了，你可以說明這整件事情的來龍去脈了嗎？」

黑帝斯不答，反倒望著楊雪臻問道：「在說明之前，我必須先請問妳選擇接受成為助手，還是拒絕成為助手？」

楊雪臻綻開一抹燦爛的微笑，「接受。但如果你可以去死那就更好了。」

黑帝斯臉色不變地回笑道：「助手小姐，妳用錯詞彙了，雖然我的外表很像人類，但實際上我屬於無生命機體，這種情況下妳應該使用報廢之類的用詞。」

四目相對，激烈的電光劈里啪啦交錯——

白修宇輕輕拍了拍手，說道：「好了，兩位，眉目傳情到此為止。黑帝斯，請你說明吧，就從你來的地方，你又是什麼東西開始。」

黑帝斯慣有的輕蔑笑容收斂了起來。

「雖然主人所處在的這個空間科技非常落後，不過萬幸不是原始人的程度。兩位應該都知道，你們地球人類所生存的這個空間是屬於三度空間吧，只要加上了時間，便成為四度空間。」

白修宇見楊雪臻的表情困惑，心知她對這方面沒有興趣，也就沒有涉足，便說道：「嗯，像百慕達三角洲那些常常發生神祕事件的地方，我看過一些科學家的理論，他們認為很有可能是磁場產生的引力突變與大氣異常的干擾，造成了時間扭曲與空間轉換，使得百慕達成為跳躍另一個空間的『窗口』，所謂的另一個空間，很有可能就是指四度空間。」

雖然科學不是白修宇的愛好，但他看過幾部電影和一些科幻小說，因此多少也有一點瞭解。

黑帝斯點點頭，狀似無意地問著：「那麼，五度空間呢？」

原來如此……雖然難以置信，但小小一顆血蛋都能變化成黑帝斯這個東西了，所以儘管難以置信，卻也不是不可能發生的。

白修宇深邃的眼中掠過一絲光芒，完美地隱藏住胸中驟響的驚濤，從喉嚨吐出平靜毫無起伏的聲音。

「五度空間，以及涵蓋人類三度空間的五度空間中可能存在另一個三度空間的這些說法，在我們這裡目前還只屬於假設階段。」

黑帝斯敏銳地聽出白修宇話中隱晦的含意，臉上浮現一抹讚賞的微笑，「但是在我們那裡，由於科技的進步，雖然穿越時光隧道還很困難，但是穿越空間已經不是痴人說夢了。」

他的右手按上胸口，笑道：「我們的科技……兩位可以從我身上得到見證，不管是動作、表情，我都非常近似人類，不過實際上我是一具沒有生命的機械人。」

「可以借一下你的手嗎？」

「當然了，助手小姐。」

楊雪臻將手搭上黑帝斯的腕脈處，彎月般的雙眉蹙起。

「有脈搏……」

白修宇苦笑道：「不只脈搏，連心跳都有。」

雖是連回想都覺得屈辱，但剛才被黑帝斯抱著的時候，白修宇確實聽見了從黑帝斯胸膛傳來的心跳聲。

「兩位聽到的都只是模擬出來的聲音，即使是我面臨報廢的時候，這些聲音都還

0100101011110001
10010001

是一樣的頻率。」

楊雪臻試探性地壓了壓黑帝斯的手腕，指尖確實感受到肌膚傳來的彈性和柔軟，眉間不禁皺得更深。

見狀，黑帝斯主動地解釋著：「這是人造肌膚，我受傷時一樣會流血，皮膚下面也有肌肉組織和神經構造，但基本上這些東西只是讓我在這個世界盡量與常人無異，因此就算受傷、流血，我也不會感到一絲一毫的痛楚。不過為了不引人懷疑，我可以模擬出人類受傷時的疼痛表情。」

白修宇注視著黑帝斯好一會兒，開口問道：「你現在的對話，還有那種不可一世的態度也都是模擬出來的？」

黑帝斯諱莫如深的笑了一笑，「是，也不是。每一具機械人在完成時，都會隨機灌輸進各種性格程式，然後我們會依據場合來做出反應。」

「你真是神奇的東西。」白修宇輕聲感嘆。

黑帝斯笑著回了一句「謝謝主人的讚美」後，繼續說：「我們的世界科技非常進步，可是高科技並不能帶來和平，反而使得人心更加黑暗，慾望更加膨脹。在五百年前，我們的世界爆發侵略戰爭，國家與國家之間無論是為了侵略，或者反抗侵略，都研發出具有恐怖殺傷力的武器和病毒。」

「侵略戰爭持續了整整一百年之久，世界終於被統一了，但在那時人類也只剩下幾億人口而已。」

「由於人口過於稀少，兩百七十年前科學家便研發出機械人替代人力。當然了，那時的機械人不如我這一代般先進，也不具備性格程式。」

黑帝斯敘述這一段歷史時，語氣平淡中夾雜了些自傲的意味，就算白修宇知道他只不過是一具機械，但如此人性化的表現仍是令人驚詫不已。

「因為自然資源被戰爭破壞到僅存一二，經常發生許多災禍，而且還有不少地方已經完全不適合生命的存在，儘管侵略戰爭過去數十年了，但人口依然沒有增加過萬，對人類來說，這似乎是個非常可怕的數字。」

聞言，白修宇的心中一震，歷經數十年，人口依然沒有增加過萬，這當然是個可怕的數字！

人類的繁殖力很強，因此為了抑制人口過多的問題，地球上的先進國家無不絞盡腦汁，但卻因新生兒的減少和醫療的進步，社會逐漸形成老人社會，造成許多問題……

而黑帝斯的世界數十年人口只增加不到過萬，由此不難推測出新生兒與老年人的比例失衡得有多麼嚴重了！

黑帝斯嘴角一個上揚，語帶嘲諷：「當權者有感於人性慾望的可怕，也或者說為了鞏固自己的政權，命令科學家研發出能夠抑制人類情緒波動的手段。」

說到這裡，他微微一頓，看了看白修宇兩人的表情後，狀似有趣地指著自己的腦部說道：「科學家的結論就是對『這裡』動手，將大腦中控制情感的區域摘除。」

楊雪臻倒抽一口氣，只覺得有一股寒氣瞬間從腳底直接衝上頭頂，她下意識地側頭看向白修宇，那一向冷靜的少年也微微變了臉色。

「沒有人反抗嗎？」白修宇問著。

黑帝斯笑道：「當權者先用『肉體強化』這個名義對軍部的領導官員動手。這種『肉體強化』手術在我們那裡很常見，能夠增強體能、延長壽命。接著再由手術成功的領導官員下達命令，讓那些軍人也接受名為『肉體強化』的情感摘除手術……」

「等到當權者將武力牢牢掌握在手裡的時候，便開始強迫一般民眾必須接受手術。不接受摘除情感者，即使是沒有反抗能力的老幼婦孺，軍隊也一律捕殺。」

白修宇沉默了，雖然他不清楚那個世界的狀況，但在絕對的武力壓迫下，無論是什麼人也不過都是可以隨意屠宰的牲畜罷了。

這個道理，不管在什麼地方都是一樣的。

想了想，白修宇卻又覺得不太對勁。

「既然當權者都已經把人民的情感抹去了，為什麼又製造出像你這樣具有人性的機械人？難道他不害怕有一天機械人也因為『情感豐富』生出『統治意志』，反抗他的統治權嗎？」

機械人生出自我意識，乍聽之下也許很不可思議，但也不是不可能的，至少許多科幻小說、電影都有過類似情節。

像黑帝斯那個世界的當權者，應該是屬於把危險扼殺於襁褓之間的類型，絕不容許有任何人事物威脅他的地位，哪怕只是些微的可能。

黑帝斯的的嘴唇輕輕一撩，露出一抹任誰也看得出來的輕蔑笑容。

「主人，我原本以為以您的聰明睿智，問出的問題應該是『是不是當權者換人了，不然為什麼會容許像你這樣具有人性的機械人出現』才對。」說到這裡，黑帝斯嘆息了一聲，說道：「看來主人您也是會有失誤發生的時候。」

白修宇眼中急速地掠過一絲冷光，聲音不帶一絲起伏地說道：「原來如此，你們的當權者已經換人了。」

黑帝斯挑了挑眉，隨即一笑，「主人真是知錯能改。」

白修宇也習慣黑帝斯這種只有嘴裡恭敬的說話方式，沒有太大情緒波動，思考似地以手指輕敲著地板。

「你們那種『肉體強化』的手術再進步，也有一定的極限，不可能讓人永生不死……以你們當權者那種為了將權力牢牢握在手中，不惜殘害人民的個性，也只有他死了，才可能會有新的當權者繼位。」

黑帝斯接過他的話，說道：「就如主人您所說的，當權者死去沒有多久，就出現新的繼任者。那位繼任者不知道是當權者何時開始培養的，但是那個時候也沒有人會『在意』了……新的繼任者要人民稱他為君王，象徵遙遠世紀前的皇帝專制以及獨裁統治。」

「聽起來那個君王，似乎比前一任的當權者更嚮往權力。」楊雪臻一個蹙眉。

黑帝斯卻是搖頭反駁了楊雪臻的說法，「不。君王似乎也被當權者動過摘除手術，但那個手術並沒有完全成功，因此君王還殘留著些許的情感，他稱呼自己為君王，可以說是一種嘲諷的用法。」

——君王所統治的子民，沒有自我思考，必須聽從命令才會行動，如果沒有人命令，那麼充其量就只是一堆有著生命的肉塊……輕敲著地板的手指一停，白修宇明白了過來。

「你們的君王，希望人民可以恢復情感？」

也就只有這樣，才能夠解釋黑帝斯他們這種擁有性格程式的機械人，為何會被製造出來了。

「是的，主人。」

黑帝斯頓了一頓，好像在整理腦中的思緒……不過白修宇知道，那只不過是黑帝斯的程式所模擬出來，為了更加貼近人類的一種表現方法而已。

好一會過後，才聽黑帝斯開口：「前一任當權者在對人民實施情感摘除手術後，又強制人民必須服用一種藥物，那種藥物經過長期服用，會讓人民的基因產生缺陷，使得無論經由人工，或者自然誕生的嬰兒，從一出生大腦便遭受毀壞。」

「而這一個世代的人民，情況比實施過情感摘除手術的人民更加嚴重，他們不管飢渴、寒熱都沒有感覺，必須有人命令才會做出因應的動作。君王試過無數的方法，都無法補救產生缺陷的基因，所以最後君王只能選擇一種最無奈，同時也是最飄渺的方法——」

說到這裡，他的話語一停，房間頓時陷入無聲的沉默。

白修宇沒有催促，一雙深邃的黑色眼眸只是一瞬也不移地凝視著黑帝斯，而黑帝斯也將視線緩緩移到白修宇的臉上。朦朧之間，白修宇腦中靈光一現，他覺得他似乎隱隱明白黑帝斯之所以出現在地球的理由了。

「你們會出現在地球，就是和君王的『方法』有關，對吧？」

黑帝斯點頭笑道：「不愧是我聰明的主人。」

毫不為虛偽的讚美所動，白修宇直直望著黑帝斯的眼眸，冷凝著聲追問：「那個女人會闖進我的住處，就是和那方法有關？」

「主人，那個女人找上您，是為了和您進行一場生死戰鬥，對於戰鬥，您只能接受，沒有拒絕的權利——」黑帝斯線條優美的嘴角揚起了一抹詭異的弧度，「因為主人間的生死戰鬥，就是君王所找到的『方法』。」

楊雪臻聞言一愣，不由得惶然地看向白修宇。他的表情平靜，竟是沒有一點變化，彷彿黑帝斯此時所說的話早在他的預料之中。

白修宇低頭思考了一下，問道：「我不明白……主人間的生死戰鬥，對於你們那邊的人類找回情感有什麼作用？」

只見黑帝斯淡淡地笑了笑，「在解釋君王的方法前，主人，請先容許我向您說明戰鬥時的規則，以免等會那個女人突然找上門來。」

「請不要認為我在轉移話題，而是因為規則對主人來說非常重要，如果您在戰鬥時違反規則，那可不是舉牌警告就可以解決。」

「主人，您認為我的提議如何？當然了，如果您堅持要我先解釋君王的方法，我也沒有任何意見。」

白修宇冷冷盯視著一臉笑容的黑帝斯，像在分辨黑帝斯說的話是真是假……過了好一會，他終於緩緩點下了頭，同意黑帝斯的提議。

DEAD GAME 0103
第一場戰鬥

「最近的女孩子啊，越來越不懂得客氣了，不過才約幾次會，連床都還沒上，居然就獅子大開口的跟我討起ＬＶ皮包了，比援交的還狠，還說我不買給她，就是不愛她。」

「哦哦！那你怎麼回她？答應買給她嗎？」

「哪有可能啊？我當然是冷笑兩聲，告訴她『與其買ＬＶ給妳，我寧可把錢花在我家修宇身上，比起我心愛的修宇，妳充其量只是一粒微不足道的灰塵而已』——」

話才說到一半，李政瑜就感覺腦後一陣冷風襲來，下一瞬，只見他迅速一個反身，準確地抓住一本厚重的書籍。

李政瑜望向那名站在教室門口的柔美少女，嘴角的肌肉微微抽動，皮笑肉不笑地說道：「我就在想是誰有那麼重的殺氣，原來是楊同學妳啊。」

原來聚在李政瑜周圍的人群一見到楊雪臻，瞬間散得一乾二淨。

並不是他們害怕楊雪臻，而是當這兩個人碰頭時，就像天雷撞上地火，一發不可收拾。

平時李政瑜就像是學校男同學的偶像，夠帥、夠酷又夠聰明，非常懂得待人處事的道理，每位老師都對他讚不絕口；而楊雪臻人長得漂亮，卻一點也不驕傲，對每個人都非常溫柔，不僅是男孩子的夢中情人，在女孩子的圈子裡也相當受歡迎。

可是李政瑜和楊雪臻這兩個人一旦遇上對方，就會立刻化身為張牙舞爪的猛獸，凶狠的樣子彷彿是不死不休的仇人，叫人光看就覺得膽寒。

只要是認識這兩個人的都知道，這兩個人之所以會如此水火不容的原因，就是那個一副不干己事地走到自己的座位拉開椅子坐下，開始整理書包的白修宇了。

楊雪臻面無表情地看著李政瑜，「你家的修宇？就是因為你總是拿他出來當擋箭牌，他才會有那麼多麻煩。」

李政瑜晃了晃手裡的厚重書籍，毫不在意地笑道：「什麼拿修宇當擋箭牌？我說的可是比金子還真的真心話，而且我都是為了修宇好。不信的話，麻煩請妳問問我家修宇，他絕對會給妳說對，因為他比誰都明白我的一片苦心呢。」他故意拉長最後一個字的尾音，聽到楊雪臻的耳裡，簡直就是故意挑釁。

楊雪臻的語氣冰冷，「李政瑜，你再這樣下去，總有一天會被女人分屍剁碎。」

「嗯嗯，放心吧，我知道。」李政瑜揚起邪肆卻瀟灑的一笑，「因為那個女人就是妳。」

聞言，楊雪臻的眼角一個危險的收緊，怒極反笑，就在大家以為她終於被李政瑜氣到要變成夜叉的時候，一道低沉卻平和的聲音傳來。

「雪臻，要上課了，妳先回教室去。」

就這麼一句話，讓險峻的氣氛頓時消散無蹤，楊雪臻冷冷地望了李政瑜一眼後，便向白修宇說道：「放學我來找你。」

「嗯。」

楊雪臻的身影一離開視線範圍，李政瑜臉上虛假的笑容立即斂起，走到白修宇的桌邊。

「發生什麼事了？」

這一句問話很輕，只有白修宇能聽得清楚。

自從楊雪臻和白修宇攤牌以後，李政瑜再也沒見過他們一起上學，甚至約好要一起放學回去的畫面了。

白修宇似乎早就知道李政瑜會這麼問，臉色一變也不變，只淡淡地回了一句：「現在不方便，中午的時候，到老地方見面。」

李政瑜點了點頭，轉身走回自己的座位，一副什麼也沒發生過的表情和周圍的同學打鬧了起來，彷彿先前那劍拔弩張的一幕從未發生過，只是一場春天的白日夢罷了。

上課鐘響後的不久，負責白修宇班級的導師便走進來，原本哄鬧的教室瞬間安靜下來。

導師姓王，今年已經五十歲了，快接近退休年齡的他依然神采奕奕，體力不輸給年輕小伙子，為人非常風趣，但在該認真的時候也會非常嚴肅，讓班上的學生既喜歡和他接近，又打從心裡尊敬著他。

王導師站在講台上，看他一臉凝重的樣子，學生們都知道接下來他說的話都要專心聽，不可以分神搞小動作，否則後果就會很悽慘。

「各位同學應該有從新聞上看過了，上個禮拜五晚上，一名女學生剛補習完在回家的路上，無故被一群飆車少年集體施暴致死。雖然那群飆車少年已經被抓，不過有鑑於近年來晚上的治安越來越壞，校方決定從今天開始，晚上有去補習的同學都要留下聯絡資料以及補習結束的時間。」

王導師說著，將手裡的紙張分發給每一排最前面的學生，讓他們往後傳下去。

李政瑜舉手問道：「老師，請問學校要我們留下這些資料做什麼？」

「校方會先打電話和你們父母確認，你們晚上補習結束時是否會過去接你們。如果你們父母有事情分不開身，那麼校方就會聯繫當天值班的老師，還有義警和轄區警察幫忙協助。」

聞言，底下的學生三三兩兩交頭接耳了起來，不外乎是要補習的學生那麼多，而且又不只他們學校而已，這種「協助」能有多大的實質用處？

王導師無奈笑道：「好了，你們這群小老鼠，不要在下面窸窸窣窣的了，這也是學校的一份心意，都是為了你們的安全著想，不然你們以為學校老師吃飽沒事做嗎？」

「況且這只是今天早上會議擬訂的初步計畫，這幾天還會繼續增加詳細事項和辦法，校長也說了，如果學生有任何意見，歡迎把意見投入中央走廊的意見箱裡，校方都會列入考量。」

王導師又說了幾句特別是女同學要多注意之類的叮囑，便讓同學拿出課本，準備開始上課。

早上的四堂課很快地就過去了，值日生將沉重的便當搬來後，李政瑜的視線一轉，看到白修宇的座位已經沒有人在，他抿嘴一笑，拿了兩人份的便當和附送的飲料走出教室。

無視那「禁止進入」的立牌，李政瑜的腳步毫不遲疑地走向頂樓，果然看到白修宇就站在有兩人之高的安全圍欄附近。

風獵獵地吹著，揚起白修宇的髮絲和衣角，讓李政瑜有種錯覺，彷彿一個不注意，眼前這個人就會乘風歸去一樣。

李政瑜收斂心神，將手上的便當和飲料交給白修宇。

「先吃飯吧，熱騰騰的比較好吃，吃完我們再來談。」

白修宇點頭笑了笑。

解決一個便當，對正值發育期的男孩子來說不是什麼困難的事情，兩個人花不到十分鐘，便把便當吃個一乾二淨，有一口沒一口的喝起有些甜膩的綠茶。

白修宇倚坐在圍欄邊，將飲料隨手放在地上，一開口便進入正題：「我會找上雪臻，是因為有件事情需要她的幫忙，這件事情很危險。」

李政瑜牽了牽僵硬的嘴部肌肉，問道：「這件事情只有她能幫你？」

白修宇沉吟了好一會才說道：「不，你也可以，只是那時候一切的狀況我都還無法掌握。你是我的朋友，所以我不能把未知的危險帶給你。」

李政瑜的嘴角抽搐，有些激憤地怒笑了起來，「朋友？朋友拿來做什麼的？就是拿來一起扛危險、擔困難的！修宇，當初我也告訴過你，既然選擇和你一起出來，就代表從今以後我願意和你同甘共苦！可是你說，你剛才說的那些話算什麼？難不成你認為我是那種會怪你把危險帶來的人嗎？」

長年來的相處，讓李政瑜敢打包票說他是最瞭解白修宇的人，如果事情不是到白修宇自己無法解決的地步，白修宇絕對不會找人幫忙。

也就是因為如此，李政瑜才會這麼氣憤。他認為他不被白修宇所信任，所以比起他，白修宇優先選擇了楊雪臻。

越想，李政瑜越覺得胸口被什麼東西堵住，每一次的呼吸都加深那種窒息感。

「政瑜，冷靜一點。」

白修宇臉色淡漠地說著，但他的聲音似乎有著神奇的力量，讓原本情緒激動的李政瑜身體一震，心中的怒火竟不可思議地冷卻了下來。

冷靜下來的李政瑜頹喪地抓了抓頭髮，表情像個要不到糖吃的孩子，「我是你的朋友，可是你有困難，為什麼不找我？白同學，你是存心讓我鬱悶的嗎？」
白修宇拍了拍他的肩膀，說道：「就因為你是我的朋友，我才會考慮得那麼多。我會找上楊雪臻，是因為她喜歡我，喜歡到寧可讓我利用，也不願意接受我的友情。所以對於利用她，我不會感到愧疚，無論她發生什麼危險，我也不會認為那是我的責任，但是你就不一樣了……我這樣說，你能明白嗎？」
李政瑜愣了一愣，挑起的嘴角像是想笑，眉頭卻皺得緊緊，表情很是複雜。最後，他長長嘆出了一口氣，露出苦笑。
「你的個性真是惡劣……不過卻是最好的朋友。」
白修宇只是淡淡地笑道：「你應該不是第一天知道我惡劣了。」
「沒錯，你惡劣，不過我也好不到哪裡去，所以我們兩個人是爛鍋配破蓋，好一個絕配！」
李政瑜開心地笑出了聲，可下一秒卻又收起笑容，目光一移也不移地看著他的摯友。

「不管怎麼樣，多一個人就是多一份力量，你遇到的危險也可以讓我幫忙嗎？如果你當我是朋友的話。」

李政瑜問也不問白修宇遇到的危險是什麼，甚至還狡猾地以「朋友」這個名義作為威脅。

對於他的強硬，白修宇不禁無奈地說道：「這件事情真的很不尋常，如果可以的話，我真的不希望你摻和進——」

話還沒說完，白修宇像看到什麼，臉色瞬間一變。

見摯友的雙眼瞪大，表情竟是難得的詫異，李政瑜一驚，連忙順著白修宇的視線望去。

那是一個女人，一個穩穩站在安全圍籬之上，視強風如無物的女人。

李政瑜心中的驚愕難以言喻，這一棟教學大樓有七層高，入口只有他們進來的那一扇門而已，那個女人是什麼時候進來（出現）的？他怎麼一點也沒有察覺到？

短暫的驚愕過後，李政瑜發現到女人的雙眼正冷冷瞪視著身旁的白修宇，想也不想地便迅速擋在白修宇的身前，一個反手，不知從哪裡抽出一把寒光爍爍的匕首。

「妳是什麼人！」李政瑜大聲叱喝。

女人的眼中閃過一絲訝異的光芒，很快隱沒。她舉起手，緩緩指向一個方向。

李政瑜皺眉，完全不明白女人的意思，但白修宇卻是一看就明白了。

「政瑜，麻煩你下午幫我請假，理由的話隨便幫我找一個。」

李政瑜轉頭看向一臉不起波瀾的白修宇，緊張道：「你在說什麼？難不成你要跟這個詭異的女人走？」

「要說詭異……似乎我也是。」

白修宇微微一笑，腳下一點，只見他整個人像是羽毛一般，輕飄飄地躍上兩人高的圍籬。

「請帶路。」他做出了一個請的姿勢。

女人輕輕頷首後，在李政瑜的不敢置信中，從樓頂一躍而下，而白修宇居然也毫不猶豫地做出同樣的動作。

白修宇的舉動嚇得李政瑜的心臟差點停了，連忙三步併作兩步地衝到圍籬前往下眺望。

由於教學大樓的後側距離學校圍牆只有不到三公尺的距離，因此學生除了掃除時間以外禁止進入，但是這並非李政瑜在意的重點，他在意的是剛才先後從樓頂跳下的兩人。

李政瑜慌張的左看右看，視線範圍內，卻完全不見白修宇和那個女人的蹤影。

「見鬼了……」他目瞪口呆地喃喃說著，眼裡出現片刻的迷茫，隨即清晰起來，他的身體一轉，立刻往樓下跑去。

雖然不知道那個女人是什麼來路，白修宇又是遇上了什麼危險，但無論如何他都不能就這樣丟下白修宇不管！

李政瑜以飛快的速度衝下樓梯，漆黑冷凝的眼眸裡盤旋著勇往直前的堅定，他的目標只有一個——

楊雪臻，所有的疑問，楊雪臻一定能夠回答他！

兩道猶如閃電般疾速的影子，在窄小的巷弄中極快地一閃而逝，如果有人看見，也許會以為是眼睛出了問題。

白修宇的呼吸有些紊亂。

所謂的「同步模式」，是指像黑帝斯這種機械人可以化成一種液狀形態，附著於主人全身，形成非常堅固的一層保護膜。

根據昨晚楊雪臻的試驗，即使被一記強力迴旋踢正中頸側，或者利刃正面刺中胸口，白修宇也沒有受到一點傷害。

除了保護的作用以外，「同步模式」更能藉由一種眼睛無法看見的奈米纖維，強制性的強化整個身體的機能，提升肌肉和神經各個部位的強度以及韌度，讓身體的攻擊力、跳躍力、速度……等，達至難以想像的地步。

但是照黑帝斯的說法，至少必須經過好一段日子，白修宇全身的肌肉和神經才能逐漸接納這種模式，而他到現在和黑帝斯的「同步」，還沒有超過二十四個小時。

因此如果在白修宇還沒習慣「同步」前，就遇上已經習慣「同步」的對手，一開始的勝算便已經失了三分。

望著眼前那一道始終保持相同距離的背影，白修宇暗自嘆息。會有這種情況，當然是對方刻意保持了，目前的他光是想要跟上，就已經相當困難了。

這一路上，對方都選擇了罕無人煙的小巷或者小路前進。在正值人潮鼎盛的時間裡，竟然一個人也沒碰見過，顯然對方對這一帶非常的瞭解。

盡量調穩呼吸後，白修宇低聲說道：「黑帝斯，為什麼那個女人總是可以找到我？」

不管是昨天晚上，或者是現在，這種行蹤總被對方掌握的狀況，讓白修宇感覺非常不舒服。

白修宇的耳中傳來黑帝斯近如咫尺的低沉聲音。

「因為對方的『同步』已經達至完全融合的地步。當『同步』完全融合，便可以在『同步』狀態下，搜索半徑兩公里內擁有機械人形的人類。」

「這麼重要的事情，為什麼昨晚你在解釋規則的時候沒有告訴我？」

「因為這不屬於對戰規則，而是屬於對戰知識，主人您沒有問，所以我以為您並不在意這種小小知識。」

白修宇想像得出來黑帝斯在說這句話時的表情，一定又是掛上那種慣有的輕蔑笑容！

「黑帝斯，就算是再微不足道的知識，只要是可能危及我生命的事情，都麻煩你事先告知我，可以嗎？」

黑帝斯似乎是認定我一定會打贏這場戰役，所以才沒有告訴我這些事情……真不知道黑帝斯為何會抱持著如此莫名其妙的信心啊，難道就只因為我是他選擇的主人？白修宇暗暗嘆息了一聲。

「瞭解。」

奔馳了不知多久，周遭的景物顯示他們正逐漸進入偏僻郊區，一座老舊斑駁的水泥大樓靜靜矗立在白修宇面前。

女人在水泥大樓前的空地停了下來，看來這裡就是她所挑選的戰場。

「經過了一個晚上，我想對於『對戰』的規則，你應該清楚了。」

女人開口，和溫婉的長相截然成為反比，她冷冽的嗓音宛如寒冬的冷風。

白修宇面無異色，嘴邊帶著有禮卻疏遠的微笑，但從那微微顫抖的指尖看來，不難猜出他此時有多麼緊張。

他攢了攢拳，藉以掩飾指尖所流露的情緒，笑道：「多少有所瞭解。我們目前處於第一階段，必須殺死三名主人之後，才能晉升到第二階段。」

成功晉升至第二階段之後，接下來還有多少考驗？這些都要等晉升到第二階段才能得知，如果在第一階段失敗，那就什麼都不用談了。

為什麼自己會被黑帝斯選為主人？白修宇不知道，他只知道如果他想逃避戰鬥，黑帝斯就會殺了他，然後去找尋下一個主人……而參與戰鬥，便只能不斷的勝利，否則等待他的也只是死路一條。

戰鬥，追求晉升第二階段，都只是為了活下來，除此之外，沒有任何的好處或者是利益。

倒楣。

對於自己莫名其妙的遭遇，白修宇只能搖頭嘆氣，用「倒楣」兩個字作為總結。

女人說道：「雖然你『同步』還沒有多久的時間，不過一個晚上已經是我能夠等待的極限了。」

白修宇點頭，「我明白，很感謝妳給予的這段時間，對我的幫助不小。」

「攻擊的模式你知道該如何使用吧？」女人問。

白修宇沒有回答，只是將右手平舉，他的掌心緩緩伸出一截劍刃，劍身非常非常的薄，薄過夏蟬的翅膀，要不是從陽光反射中能隱隱看見閃耀的寒光，那劍刃根本就像是不存在一樣。

在第一階段，每一個尚未消滅過對手的主人都擁有這麼一柄劍刃。隨著消滅對手的增加，劍刃就可以進行進化。

薄薄的劍刃，彷彿可能應風而斷，但從昨晚的第一眼起，白修宇便從未小覷過劍刃的銳利。女人的掌心也生出同樣的劍刃，只是速度顯然比白修宇快多了。

已經習慣和尚未習慣的差別就在這裡，肌肉和神經跟不上「同步」的調節，如果女人有心，早在剛才他就死了不下十遍。體會到他的生命原來如此脆弱的事實，白修宇很想嘆息。

就在白修宇稍微分神的這一剎那，女人的身影從他的眼前消失。幾乎是同時，他直覺地迅速一個轉身，橫劍擋住那道直劈而來的利風。

「鏗！」

隨著劍刃交擊，一股強悍的巨力霎時透過劍身傳來，白修宇整個人猛地倒飛了出去，重重地撞擊在斑駁的水泥牆上！

幾聲脆響，負荷不了撞擊力道的水泥牆以他為中心往外龜裂，轉眼間，細碎的沙塵滿天飛舞。

白修宇從水泥牆上滑落下來，才勉強站穩腳步。

兩條手臂由於正面迎上女人的攻擊，正一陣一陣的發麻刺痛著。身體雖然還有一層保護，但過於強烈的撞擊力道仍然讓他的內臟器官受到不小的傷害，一股熱流湧上喉間，卻又被他硬生生地嚥了下去。

見白修宇似乎沒有什麼大礙，女人眼中一冷，轉瞬一個旋身躍起，銀光恍如驚濤駭浪般地一波高過一波，氣勢洶湧地襲向了白修宇！

經過先前的教訓，白修宇對於這般猶如暴風驟雨又綿綿不絕的攻勢不敢小覷，不願再正面迎對女人的力量，他手腕向下一擰，手中的銀劍點地，藉由劍身一彎一彈之間陡地屈膝躍起，整個人彷彿形成一個圓圈似地，懸空往上翻了數圈，腳底如履平地般貼上原本位於背後的水泥牆。

這種猶如脫離地心引力的動作，是白修宇巧妙運用「同步模式」所延伸出的奈米纖維，這種纖維可以讓人毫無所感的探入肌肉以及神經組織當中，甚至具有難以想像的強勁韌度，因此才可以抵抗地心引力，進而支撐起他的身體。

攻擊落空，女人當下也一躍，如履平地似地踏上了水泥牆，身體彷彿沒有了重量，以一種只能用可怕形容的速度，氣勢洶洶地追在白修宇的後方。

白修宇也沒僥倖地想過對方可能不知道這種應用方法，因此踏上水泥牆的第一件事，便是毫無猶豫地往樓頂飛掠而去。

身後的風聲颯然，白修宇不用回頭，也能想像得出兩人之間的距離越拉越近了。

白修宇頭也不回的拼命向上狂奔，因此他看不見後方原本離他還有三、四公尺遠的女人腳尖輕點地面，就這樣輕輕的一點，女人便跨越了她和白修宇之間的距離，緊接著又在半空中一個旋身，風聲驟起，這雷霆萬鈞的一踢，正中白修宇的後背！

因這突來的撞擊力，白修宇的身體猛然向前一飛，讓他只覺肺部的空氣彷彿都被頂了出來一樣！

身體飛上半空，如果置之不理，將會越過樓頂，然後在無法借力的高空重重跌回地面！情急之中，他眼尖的看見頂樓生鏽的鐵護欄，連忙伸手一抓，準確的抓住護欄！

雖然護欄因為年久失修，長滿了鐵鏽而變得非常脆弱，但已經足夠白修宇藉勢扭轉腰部，將自己整個人丟進樓頂。

轟隆一聲，一整排的護欄承受不住白修宇的瞬間借力，帶著水泥土塊轟然掉在地面。

在護欄搖搖晃晃地落下的同時，剛跌進樓頂的白修宇動作迅速地一躍跳起，橫劍做出防禦態勢。

但他再快，顯然也快不過女人。

閃耀銀光的劍尖直逼而來，抵在白修宇的額間，散發冰冷的寒意。白修宇望著面無表情的女人，下意識地滾動喉頭，嚥下一口唾液。

——這一刻，時間似乎暫停了。

DEAD GAME 0104

規則

「楊、雪、臻！」

在人聲鼎沸的午餐時間裡，李政瑜的嗓子卻壓倒了所有雜音，清晰地傳進這個班級裡每一個人的耳朵裡。

平常就算是吵架，也總是頂著一張帥死人不償命笑臉的李政瑜，此時居然是一臉的黑凝，叫喚楊雪臻名字的每一個字，都像是從牙齒的縫細間硬擠出來般的沉重無比。

難不成第三次世界大戰終於要開打了？這個念頭瞬間充滿在場的所有人心裡，讓人既期待又害怕受傷害。

正在用餐的楊雪臻皺了皺眉放下她的環保筷，一雙美目中盡是困惑，但很快的，她像想到了什麼，眼裡的困惑立刻一閃而逝，神情緊張地衝向李政瑜。

「女人？他跟過去了？」

短短的七個字，換成其他人聽了肯定是一頭霧水，但經歷過現場一切的李政瑜卻是一點就通，連忙點頭道：「對，他跟過去了！」

楊雪臻原本穩定的聲音忽然高亢起來，「果然！他居然沒有通知我！他是在想什麼——」

話說到一半，聲音卻戛然而止，顧慮班級中同學的楊雪臻毫不客氣地抓起李政瑜的手臂，一邊急急往樓梯方向走去，一邊問道：「你今天有騎機車來吧？你把機車藏在哪裡了？」

雖然很不喜歡楊雪臻抓著他手的感覺，但著急白修宇的李政瑜，依舊順從地點了點頭，「校門口五十公尺外的那家超商，我託店長幫我顧著。」

「好，你等我一下。」

離開教學大樓，楊雪臻左右看了看，確定花圃的四周再沒有其他人後，她蹲下身，用牙齒在指尖咬了一下，將小傷口上的鮮血擠出，滴在泥土上。

「『搜尋開始』！」

不可思議的一幕在李政瑜的眼前上演，那滴落在土裡的鮮血竟像擁有了生命似的遊動了起來，在柔軟的泥土上劃著他怎麼看也看不懂的線條。

楊雪臻雙眼一瞬也不移地盯著血滴，直到血滴停止移動，滲入了柔軟的泥土之中，而泥土上殘留一道蜿蜒延伸的痕跡。楊雪臻抬起頭望著校門口的方向，下一瞬又移轉視線看向更遠的地方後，驀地站了起來。

「我找到他的位置了，快，去牽車！」

從中午莫名其妙出現的女人、突然變得和超人一樣猛，由七樓高的樓頂跳下又失蹤的白修宇、還有現在血滴會在泥土上畫圖的楊雪臻……

李政瑜的腦袋充斥了滿滿的問號，不過他也知道，比起解答自己的疑惑，更重要的是白修宇的安全，因此他只是深深地望了地上的痕跡一眼，便收斂心神，說道：

「我去牽車，妳到校門口等我。」

對李政瑜近乎命令的口氣，向來愛與他作對的楊雪臻只是表情鄭重地點下了頭。

不到三分鐘的光景，一輛排氣聲猶如發出怒吼的重型機車後輪劃出一道俐落的弧線，停在楊雪臻的面前。

這輛車排氣量高達一千五百多C.C.，號稱地球上跑得最快的重型機車，可是李政瑜存了好久的錢才買下來的。不管是那彷彿重金屬音樂的大排氣聲浪，還是流線優美的油箱，或者是粗獷中帶著細膩設計感的坐墊，都讓人不由得生出這款重型機車具備了王者氣勢的感覺。

李政瑜回頭大喊：「上車！」

楊雪臻毫不猶豫地跳上後座，任由裙襬飛揚。

「左轉，抄那條小路！」

李政瑜當下龍頭一轉，機車瞬間朝著楊雪臻所指示的方向火速衝了出去！

就在兩人以無比囂張又高調的方式離開校門口的幾分鐘後，一名頂著大肚腩的禿頭中年男子從校園裡氣喘吁吁地跑了過來，他抬頭望了望兩人離去的方向，猶豫數秒，中年男子牙一咬，拿出手機連續按下幾個數字鍵。

女人維持相同的姿勢，冷冷凝視著白修宇。而白修宇一動也不敢動，警惕萬分地注意著女人的行動。

「你幾歲，唸幾年級了？」

沒想到女人不急著收割他的性命，反倒問了個這麼莫名其妙的問題，但人在屋簷下的白修宇也只能乖乖回答。

「十七歲，高二生。」

「十七，高二，和她一樣呢……」女人喃喃說著，茫然的目光顯示出她此時的出神。

即使知道女人有些恍然出神，生命掌控在別人手裡的白修宇仍不敢輕舉妄動，甚至對女人口中的他（她）是誰，一點興趣也沒有，滿腦子思考的，只有如何做才能脫離眼前的窘境。

「主人，看您目前的狀況，好像非常麻煩了。」黑帝斯帶著調笑口吻的聲音在白修宇的耳邊響起。

白修宇眉也不挑，置若罔聞。

「主人，真是不像您，在明知敵我實力有一段差距的情況下，居然沒有及時通知助手……助手的幫助等同於力量的增加，您應該明白才對。可是主人，您究竟在想什麼？」

白修宇依然心神不動。

——他究竟在想什麼？這個問題的答案，他自己也很想知道。不應該莽撞的跟上女人，不應該沒有跟楊雪臻打一聲招呼……那個時候的自己明明知道不應該這麼做，卻還是選擇了這些「不應該」。

「主人，雖然跟隨您的時間還不到短短的二十四小時，但會說出『對於利用，不會感到愧疚』這句話的您，不至於讓事情演變成如此，這並不像您。」

聞言，白修宇心中一顫，不由低垂下了眼簾，薄薄的嘴唇翕動，吐出破碎的字句：「這不像我……那我該是像什麼樣子的？我連我是不是……都不知道了……」

白修宇的聲音很沙啞，完全不復他以往平穩溫和的聲音，而他那微微低垂的眼簾，叫人無法看清他此時的真實情緒。

本來是用以回答黑帝斯的一番話，卻沒想到竟陰錯陽差的引發了女人的感觸。

「是啊，怎麼樣才像是我呢？每個人都說我被憎恨沖昏了頭，變得不像原來的我，說那些少年還小，不懂事，說社會要給他們重生的機會，說我應該化憎恨為大愛……那些少年的父母也哭著下跪求我原諒，說都是壞朋友教壞了孩子，說以後會好好管教他們的孩子，要我發發好心……」

女人兩隻無神的眼睛溢出詭異的光芒，她抖動肩膀，發出了歇斯底里的笑聲。

「呵呵呵……給那些嘴裡說因為好玩有趣，就對她施暴的少年重生的機會，那誰來給她重生的機會？她才十七歲，她也還小，也還不懂事，還會天真的對我說：『姊姊，我要努力唸書，要更努力、更努力一點！這樣以後我才可以去大公司上班，賺很多錢，讓妳過好生活。』……」

女人低低地瘋狂笑著，晶瑩的淚水毫無預警的從眼眶成串滴落。

筆直的劍尖因為女人發出笑聲時，腹部牽動手臂的震動，在白修宇的額頭劃出幾道血痕。

白修宇的神情沒有一絲改變起伏，他靜靜的看著眼前隨時可以奪走他呼吸的女人。這個連名字他都不知道的女人，也許已經崩潰（或者正面臨崩潰），女人現在說的每一字一句，都不需要別人的回應，她只是在訴說，一逕地訴說著。

「我不需要去原諒，就算她會希望我原諒那些人，我也不願意原諒……因為他們只為了一時樂趣所奪走的，是我寧願放棄未來、放棄一切，也希望她能過得比誰都好的妹妹。」

女人焦點迷離的目光漸漸集中到白修宇的臉上，她帶著淚的笑容，哀淒中卻又有著說不出的陰森詭異。

「你是不是覺得我瘋了？」

「……也許。」白修宇輕描淡寫的回予這兩個字。

女人聞言瞇起眼睛，說道：「呵，明明知道你的年紀跟我妹妹一樣小，卻覺得你好像非常成熟……都這種時候了，你的表情還有態度，都很冷靜，一點都不像個十七歲的高中生。」

白修宇淡淡一笑，「妳有妳的故事，而我也有屬於我的故事。」

「故事……是啊，故事，沒辦法重寫的故事……」

女人的眼睛一瞬間垂下，旋即抬起，接著，白修宇便感覺到額前的劍尖淺淺地刺進皮膚之中，頓時引發一陣又一陣的刺痛。

「會害怕嗎？你的故事要結束了。」

「會。」

「會不甘心嗎？如果換成你早一步完成融合『同步』，也許我們的立場就交換了。」

「會。」

雖然這種假設毫無意義。白修宇明知如此，還是忍不住為做出假設的愚蠢自己嘆息了一聲。

女人再度露出一抹微笑，可是白修宇不知道是不是自己的錯覺，他覺得女人這時候的微笑，像是歷經無數痛苦的迷惘者，終於得到了解脫。

白修宇閉上了雙眼，他的心情很沉靜，不是故意偽裝出來的假象，而是真真實實的沉靜。

也許他期待這一刻很久了吧？早在他誕生的那一秒鐘開始，便一直期待著這一刻的來臨。

「——修宇！」

這熟悉的女性聲音讓白修宇不由得訝異的睜開眼，往聲音傳來的方向望去。

不知何時，楊雪臻竟然手持短弓，站在沒有護欄的樓邊——一瞬間，或者是更加短暫的一剎那間，一枝幾乎看不到影子的利箭從楊雪臻的手中射出。那枝箭，劃開空間，穿越時間，生生地射進了女人的左眼之中！

說是射進或許錯了，畢竟「同步模式」的保護膜是完完全全的罩住身體，哪怕是脆弱的眼睛也沒有漏下，除了同樣是「同步模式」的攻擊可給予直接性的傷害以外，很難有其他的武器可攻擊到主人本身。

可是楊雪臻的這一箭縱然無法傷害女人，卻也多少造成了女人的不適，那種不適感就好像一顆沙粒飛進眼睛裡一樣。

「主人，趁現在！」

不用黑帝斯的提醒，在女人因不適而習慣性地閉眼的下一瞬，白修宇的右手一揚，只見一道極其美麗的銀光劃過女人的脖子，鮮血，如湧泉般噴灑而出。豔麗的顏色，充斥了白修宇的視線，而另一端，那個女人依舊笑著，好似盛開的花朵般，燦爛的微笑。

就在白修宇因女人的微笑恍然失神之際，耳邊突然傳來轟隆一聲，是李政瑜一腳踢飛進入樓頂的安全門。

「解決了？」他完全無視身為功臣的楊雪臻，向白修宇問著。

「嗯……應該吧。」

白修宇心不在焉地回答後，隨即看向女人。那個女人躺在了一片血泊中，全身泛起一陣如琉璃般的黑色薄膜，轉眼組織成一名五官精緻如畫的青年。

第一次看到解除「同步」出現的機械人形，李政瑜的表情只有四個字——目瞪口呆。

那名青年單膝跪在地上，指腹輕輕擦拭濺灑到女人臉上的血跡，一雙如同天空般碧藍的眼眸，溫柔而哀傷的凝望著女人。

「主人……」

女人張動著嘴唇，可是也許是由於喉嚨被一劍劃破的關係，她只能勉強發出模糊的氣音。

「對……不起……」

青年搖搖頭，說道：「我知道主人您已經不想再活下去了，雖然我無法明白為什麼……可是我知道，主人您很開心，不像第一次我見到您的那時候一樣……您很開心，那就夠了。」

對於青年的懵懂，女人輕輕地笑了笑，艱難的抬起手，撫摸著青年的臉頰……那隻纖細到可以用骨瘦如柴來形容的手臂，很快地喪失力氣，無力的垂落在地上。

青年彷如出神，視線一瞬也沒有移開女人毫無血色的臉上，他緊緊、緊緊地握住女人落在地上，逐漸失去溫度的手。

白修宇的心神一動，是黑帝斯主動解除了「同步」。

看到一名無論身材或者長相都堪稱極品的男人從白修宇的身上「滑」下來，李政瑜嘴張開到下巴好似都快掉了下來的地步。

他瞪大了眼，手指顫顫的指著白修宇：「修、修宇，你居然、居然讓一個男人上你的身體！」

白修宇淡淡地瞥了神情激憤的李政瑜一眼，說道：「……不，政瑜，你的用詞有問題，那不叫做上，只是貼而已。」

「他貼你還是你倒貼他!?」

「正確來說，只有可能他貼我，沒有可能我倒貼他。」

李政瑜跳著腳說道：「就算他貼你，你也要拒絕啊!修宇，爸爸我不記得有把你教成這麼隨便的孩子了啊！」

「……」這次白修宇連回都懶得回了，視線一轉，將注意力放回走向青年的黑帝斯。

01100101011110011
100110001

黑帝斯站在青年的身旁，笑容一如以往的倨傲而冷漠。

「多虧了你選擇的是這麼軟弱的主人，我非常感謝你所灌輸的人格程式，否則輸的就是我的主人了。」

青年皺起眉頭，不悅地說道：「我的主人並不軟弱。」

「可是你的主人卻選擇了死亡。」

青年的目光移向黑帝斯身後不遠的白修宇。白修宇心中一驚，青年澄澈的目光，彷彿能夠赤裸裸地看進他的靈魂一樣。

「你的主人想選擇的，似乎也和我的主人相同。」

青年的這句話音量不大，但是卻清晰的傳入了在場所有人的耳裡，李政瑜和楊雪臻頓時神色各異，前者是不敢置信的看向面容平靜的白修宇，後者則是困惑的蹙起了眉頭。

黑帝斯的笑容沒有一點改變，反而更加深幾許的輕蔑，「我的主人是在以為自己將死的情況之下放棄掙扎選擇死亡，你的主人卻不同……你的主人之所以如此選擇，和你有關係吧。」

青年沒有回答，但他的沉默已代表了答案。

黑帝斯笑出了聲，諷刺似地說道：「溫柔多情的機械人形，請容許我再一次的感謝你所被灌輸的人格程式。」

青年沉吟了好一會後，張了張嘴，說道：「能為我的主人完成她的願望，我不後悔。」

黑帝斯笑著問道：「是嗎？」

「是的，或許你不會相信，也或許你不能夠理解。」青年望著女人面帶微笑的臉龐，眼中盤旋的是無怨無悔的堅定。

黑帝斯冷冷笑了一笑，「我對失敗者的藉口沒有興趣。現在，我只想依照規則詢問你——主人已死，你選擇『回歸』，或者『殉葬』？」

「……殉葬。」

語落，青年猛地反手插入自己的胸口，大量的鮮血迸發而出，但青年卻毫不在意地在胸膛中看似摸索了一下後掏出手攤開，在青年攤開的掌心中，靜靜躺著一塊淌滿血液，長寬皆一公分不到的金屬片。

那塊金屬片的材質很特別，乍看之下會以為只是普通的金屬，但是仔細一瞧，會發現那金屬有些透明，而且遍布著十分複雜的刻紋，刻紋之中隱約流轉著綺麗流虹般的液體。

青年將那塊金屬片交給了黑帝斯。一接過金屬片，黑帝斯的第一個動作，就是張開口，將金屬片吞了進去。

黑帝斯一雙漆黑如夜的眼瞳閃過一抹晦暗的金色光芒，點了一下頭說道：「程序完成。我已經將你記憶體中的數據複製到我的記憶體裡了。」

青年望了白修宇一眼，對黑帝斯說道：「第一階段你們成功了三分之一，希望你和你的主人能成功撐到最後。」

「謝謝你的祝福。」黑帝斯笑得依然很不誠懇。

青年握著女人的手，閉起眼簾，接著只見他們兩人的身影扭曲了起來，然後漸漸朦朧，就好像加水淡化的顏料般，沒多久後，兩人的身影在白修宇等人的面前消失得無影無蹤，就連地上的血跡也都不見了蹤影。

眼前不可思議的一幕令在場的三人為之震撼。

白修宇明顯不悅地瞪著黑帝斯，「回答我，『回歸』還有『殉葬』又是怎麼一回事？」

這件事，黑帝斯同樣沒有對他提過。

黑帝斯神色自若地笑著回道：「主人，因為這件事情雖然和您的生命有關，但並不危及您的生命，我才沒有說起。不過您既然問了，我就有義務答覆您。」

是義務而非責任。一旁的楊雪臻眼角輕輕跳動了一下，比起剛才伴隨女人一起消失的那名青年，黑帝斯真的是囂張到一點也不把白修宇當成主人看待。

黑帝斯緩緩解釋著：「所謂的『回歸』和『殉葬』，是指在主人死亡後，機械人形可以選擇『回歸』，也就是將主人的屍體埋葬在第五空間後，回到我們的世界，等待君王下達另一個命令。」

「至於『殉葬』，顧名思義也就是為主人陪葬，但機械人不會『死』，因此就是在第五空間中的永恆時間裡，獨自顧守主人的屍體。」

對於空間的概念，白修宇只止於曾看過的電影、小說中提過的淺薄範圍，因此他不明白第五空間究竟是什麼樣的空間，可是，他卻可以想像得出來，那名青年用著那雙碧藍色天空的澄澈眼眸，一個人孤獨地、溫柔地守護女人的屍體……在名為永恆的漫長時間裡。

為什麼？

為什麼青年會選擇「殉葬」？明明只是一具被灌輸人格程式的機械人。還是說，青年會選擇「殉葬」，是由於他的人格程式讓他做下了這樣的決定？

又為什麼君王會讓機械人自行選擇「回歸」和「殉葬」？難不成君王相信機械人會因主人而生出自我意識和情感，因此君王連機械人的數據都想要收集嗎？

這些問題的答案，他不知道……就連自己能不能有獲得解答的那一天，他都不知道。

「修宇，你的問題都問完了嗎？」

李政瑜平靜的聲音打斷了白修宇的思緒。

白修宇望著李政瑜看不出情緒的表情，露出了一抹苦笑。他已經想像得出來接下來他會遭到什麼樣的待遇。

「嗯，我的問題都問完了。」

「咬緊牙根。」

白修宇連遲疑也沒有地點了點頭，緊接著叫楊雪臻難以置信的一幕在她的眼前上演——

李政瑜竟是毫不留情地一拳轟在白修宇的臉上，沒有了「同步」的保護，那一拳強勁的力道讓白修宇整個人被擊倒在了地上！

「李政瑜，你發什麼瘋？」

楊雪臻三步併作兩步的急急跑到白修宇的身邊，想將他扶起，卻被李政瑜給一把推開。

0100010111001 1101101

「你想死？你居然想死！」

李政瑜死死揪緊白修宇的衣領，憤怒地漲紅著臉吼道：「你不找你的助手幫忙，就是因為你想死吧？如果你活得不耐煩了，你說一聲，我馬上就殺了你！免得你老像個女人一樣自憐自艾個不停！這樣看著你難受，你以為我心裡又有多好過！」

「對不起。」

「我不要聽你說對不起！我算什麼人啊？哪夠資格讓你白大少爺向我道歉？」

李政瑜自嘲似地怒笑了起來，「反正你遇到了什麼事情，什麼危險，我都不知道，也沒有資格插手，什麼因為我不是助手，我插手就違反了什麼破鳥規則，會害得你沒命，所以我只能躲在一邊，什麼也不能做的替你乾著急，而你，你居然、你居然——」

說到一半泛紅了眼眶，李政瑜再也說不下去。

「政瑜，對不起，是我不對。」白修宇一瞬也不移地注視著李政瑜的眼睛，重複著道歉：「對不起，不管你願不願意原諒我，我都想跟你說對不起。」

李政瑜抿緊著嘴，揪住白修宇衣領的手指緊了又鬆，鬆了又緊……過了好一會之後，他低垂著頭咬牙道：「如果你真的死了，就算你被埋進土裡，我也會把你挖出來，狠狠痛扁你的屍體一頓……讓你死了也沒辦法安寧！」

「不要以為我在嚇唬你，我說到，就一定會做到。」

白修宇深沉如潭水般的黑色眼眸裡閃過一絲顫動的漣漪，很快隱沒。他翕動嘴唇，說道：「我答應你……我再也不會做那種事情了。」

李政瑜沒有言語，用著倔強的表情冷冷哼了一聲，終於放開了揪緊著白修宇衣領的手。

注視著李政瑜，白修宇的表情像下定了決心，轉頭面對黑帝斯，語句清晰地說著：「黑帝斯，我要讓李政瑜成為我最後一名助手。」

黑帝斯頗感興味的挑了挑眉，向李政瑜微微一個行禮，「依照程序，我必須詢問你是否接受成為主人的助手？」

李政瑜一愣，隨即忙不迭地點頭，「接受，我當然接受！」

眼見李政瑜點頭如搗蒜，黑帝斯的笑意更濃，說道：「恭喜主人找齊了『攻擊』與『防禦』的兩位助手。請問主人，需要我為您『防禦』的助手說明規則嗎？」

「不用，我來說就好了。」

白修宇分別看了看李政瑜和楊雪臻兩人，世事多意外，沒想到最後這互相看不對眼的兩人都成為他的助手……

想著想著，白修宇的臉上浮現無奈的苦笑：「政瑜，這些事情說來話長，總之先到我那裡再說吧，我會把所有的事情都告訴你。」

熟悉的河堤、熟悉的街道、熟悉的景色。

只是離開短短的一天，白修宇卻覺得離開的這段時間居然漫長得恍如隔世。

他領著李政瑜、楊雪臻回到了租賃的套房，房內的擺設依舊——除了那面破碎的窗戶以外。

見白修宇進門時，只是稍微用力的壓了一下，門便隨之打開，李政瑜不禁提醒道：「修宇，你門鎖也不鎖，這樣很危險耶，說不定哪一次等你回來時，就發現裡頭的東西全都被小偷搬光了。」

白修宇淡淡地回了一句：「我的門是鎖著的。」

「鎖著？」李政瑜不信的一看，才發現門把的確是鎖著的，但當他學白修宇的動作，稍微用力地往內側一推——門便開了。他眨眨眼，試探性的將門把解鎖、上鎖，確實都聽到了「喀嚓」的門把解、上鎖聲。

「修宇，你這是什麼破爛門鎖啊？」

白修宇莞爾失笑，為他無辜的門鎖辯解：「它原本是好的，只是被那個女人把鎖切斷了。」他指著鎖門處的凹口，「你看，鎖頭有一部分還留在裡頭。」

李政瑜低頭一看，果然被切斷的鎖頭將凹陷處填得滿滿的，而且鎖頭被切斷的表面非常平整光滑，不管是肉眼觀察，還是實際用手指觸摸，那切斷處連一點細微的凹凸也沒有。

可是明明聽到了解鎖和上鎖聲啊。李政瑜不解地想著，再次將門重新關上、解鎖，果不其然還是聽到喀嚓一聲，但這一次，他不再像之前一樣用力推，而是轉動門把將門打開——原本被切斷的鎖頭，居然又完整無缺的出現在他的眼前。

「見鬼了，這是在變魔術嗎？」李政瑜咋舌不已，他伸手摸摸鎖頭，似乎一點問題也沒有，可是當他握住鎖頭使勁往下一拉時，鎖頭立刻應勢而斷。

李政瑜呆呆看著手裡斷掉的鎖，腦袋完全當機了。

白修宇隨手拿起他手中殘缺的部分，開口解釋道：「斷掉的鎖還可以『連』在一起，是因為分子間的引力現象所造成的。」

「分子間的引力現象？」楊雪臻不明白白修宇的意思。

李政瑜卻是兩眼一亮，轉瞬便明白了過來，他一臉難以置信地說道：「原來是分子間的引力現象……是那個女人的武器造成的嗎？如果是，照這麼說來的話，你的那把劍不也同樣具備這種效果了？」

白修宇搖頭否定了李政瑜的猜測，「那個女人的『同步』已經達至完全融合的狀態，所以她的劍才有這種效果，我的劍還沒辦法辦到。」

李政瑜將白修宇仔細地從頭到腳打量一番，頗是不悅地皺眉道：「『同步』就是指讓那個囂張的機械人貼在你身上的事情嗎？」

「對，沒錯，就是貼。」聽他又用了「貼」這個詞彙，白修宇不禁失笑，「『同步』狀態時，黑帝斯就會像一層保護膜一樣保護住我的身體，同時可以藉由一種肉眼無法看見的奈米纖維，強制性的提升我的肌肉和神經等等的各方面能力，讓我在『同步』時擁有超人一般的力量、速度、敏捷度和跳躍力。」

李政瑜沉吟道：「只限於『同步』的時候啊……那把劍也是那個什麼鬼同步生出來的？」

「對，那屬於攻擊模式。而且那把劍還會隨著我的勝利次數而進化，只是目前我的『同步』還處於初期，尚未達到完全融合的狀態，所以它還無法進化。照黑帝斯的說法，只有等我完全融合『同步』以後，我才可以進行劍的進化。」

李政瑜歪歪頭，開口還想繼續問下去，不料楊雪臻卻搶先他一步。

「修宇，分子間的引力現象是什麼？」

這個問題讓李政瑜的嘴角高高一揚，不無嘲諷的說著：「唉啊，我們的大才女竟然也有不知道的東西啊？」

楊雪臻橫了李政瑜一眼，冷聲回道：「沒有興趣，沒有接觸，沒有學習，我自然不會知道。請問李同學，難道你就沒有不知道的事情嗎？那麼李同學你真是太厲害了，以後有什麼問題，就全都拜託你解答了。」

兩人對立，一人面帶戲謔的笑容，一人則是滿臉冷凝，朦朧間似乎可以看見大風雪吹啊吹，千里冰霜呼嘯不停……

眼看這兩個人又要槓起來，白修宇連忙插話為楊雪臻解答：「所謂的分子間引力現象，是由於切割的斷面過於光滑平整所引起的一種現象。」

白修宇想了想，舉出一個例子，「雪臻，就好像妳把兩塊平滑的玻璃疊放在一起，這兩塊玻璃很容易就會黏住一樣，只是分子間引力現象的黏著力道更強，因為斷面比玻璃還要來得平滑的緣故。」

「原來如此。」楊雪臻很快便明白了白修宇的解釋。

解決楊雪臻的問題，忙碌的解說員沒有休息的時間，頭一轉，白修宇立刻向李政瑜說明之前發生的事情。

「……因此，君王為了他的子民可以恢復情感，不再是具有生命的人偶娃娃，嘗試了許多方法和治療，但卻一直無法有所起色。無數次的失敗，卻沒有令君王喪志，君王想了很久很久，從機械人形上得到了靈感。」

「『子民們是不是也可以像機械人形一樣灌輸人格程式？』這個問題的答案是不行，因為雖然他們的科技足以做到讓人類接收電腦晶片資訊的地步，但人類並沒有如同電腦一般精密且快速的計算能力，讓人類能在瞬間做出因應的表情和情緒。」

沉吟片刻，白修宇長長嘆出了一口氣。

「君王還是沒有死心，既然灌輸人格程式這條路不行，但卻讓君王找到了另一條路……既然子民的大腦遭受藥物的破壞，那麼就採取直接刺激大腦的方式，讓他的子民重生。」

「直接刺激大腦的方式？怎麼直接刺激？」李政瑜忍不住疑惑地眨了眨眼。

白修宇眼中閃過寒光，凝聲說道：「派遣機械人形穿越時間與空間，到另一個人類的世界裡，蒐集那些人類的情感起伏數據。那些數據的起伏必須非常強烈，以達到刺激大腦的作用。君王認為，要蒐集到人類最為強烈的情感起伏，無非就是人類徘徊在生與死，以及罪惡與良善之間的掙扎了。」

「你有看到那具消失的機械人交給黑帝斯一塊金屬片吧？那塊金屬就是他們用來蒐集主人情感數據的東西。」

「在『同步狀態』中，奈米纖維除了刺激全身肌肉外，同時還探入主人的大腦裡，用一種我們還無法理解的科技，複製大腦情感區的起伏變化，記錄到那塊金屬片。那塊金屬片在被帶回他們的世界後，會以類似電腦傳輸的方式，將裡頭的情感起伏一一傳送到子民大腦情感區中的電腦晶片。」

「這種方法在我們看來和灌輸人格程式似乎沒有什麼差別，但君王深信人類精細的大腦可以判斷出那些情感數據變化時的些微不同。一開始，他的子民或許還無法消化，但久而久之，一定就能逐漸的理解那些數據，進而開始『學習』如何『使用』那些情感。」

「徘徊在生與死，罪惡與良善之間的掙扎……」李政瑜喃喃重複著，他總覺得這句話很有問題，不禁抬眼問道：「修宇，這句話是什麼意思？你之所以當黑帝斯的主人不是出於自願，而是被迫的嗎？」

白修宇的手指在他用餐的日式方桌上輕輕游移，扇子般的睫毛低垂，隱隱扇動，淡淡地道：「機械人形會自行找到某個人類，他們會告訴那個人類，說依照程序，如果拒絕成為他們的主人，那麼他們就會殺死那個人類，然後再繼續尋找下一個願意成為他們主人的人。」

「而一旦成為主人，主人就得面臨戰鬥，戰鬥的勝利條件，就是殺死另外一個機械人形的主人。如果那名主人有選擇助手幫忙，在主人死亡之後，助手也會屬於必須殲滅的目標，在殲滅的過程裡，主人已經死亡的機械人形絕不能做出任何援救助手的行動。」

——生與死，罪惡與良善之間的掙扎。

如果不想殺人，那麼就只能死，但如果想活下來，就得讓雙手染滿血腥。這兩個選擇，無不考驗著人性。

「怎麼會有那麼變態的君王？」李政瑜氣憤地一個拍桌，一字一字清晰無比地咬牙說著：「自己變態也就算了，還拉著別人陪他一起變態，這是什麼道理嘛！」

「世界上很多事情都沒有道理，就好像有些人在路上走著，無緣無故就被天上掉下來的花盆砸死一樣，純粹運氣不好。」楊雪臻一臉雲淡風輕。

「沒錯，就像雪臻說的，確實是運氣不好，倒楣而已。」白修宇無奈的一笑，說道：「當初黑帝斯也只是問我要不要選擇助手，其他的什麼也沒有說明，等雪臻成為我的『攻擊』助手後，他才說出了這些事情……」

語一頓，他的笑容隱沒，朝楊雪臻說道：「把妳牽扯了進來，很對不起。」

「如果沒有感到愧疚，就不要對我說對不起。」楊雪臻將幾縷散亂的髮絲勾到耳後，微微牽動嘴角，「當初你說沒辦法和我交往，但可以和我成為朋友……是我自己拒絕了你的友誼。能夠成為你認可的朋友，是相當幸運的一件事情，可是我沒辦法只把你當成朋友。」

「與其維持那種曖昧不明的關係，我寧可你利用我，這樣的話，至少當有什麼困擾你的事情發生時，你都會在第一時間想到我，而不會顧慮太多。無論你到什麼地方去，都會讓我跟隨在你的身後，只為了以備不時之需。」

柔美的外表下，擁有的是堅強而決絕的性格。嘴角微微上揚的弧度，讓楊雪臻的五官更顯深邃而柔和，像是純淨清澈的水晶，讓人的心靈為之一震。

李政瑜雖然常常和楊雪臻拌嘴吵架，但實際上，李政瑜在許多方面卻也深深敬佩著楊雪臻，不愧是楊文彬教導出來的女兒，虎父終究無犬女。

白修宇聞言，臉上浮現了微笑，楊雪臻是繼李政瑜之後，第二個瞭解他的人，只是很遺憾她拒絕了他的友情。

心思幾轉，他繼續向李政瑜說明道：「戰鬥總共分為四個階段，第一階段必須殲滅三組對手（主人及其助手），升級至第二階段。」

「等一下。」李政瑜打斷他的話，歪歪頭困惑地問道：「這個什麼第一階段沒有時間的限制嗎？」那不是高興多久就拖多久？

白修宇苦笑，「是啊，沒有時間限制，不過黑帝斯也說了，如果機械人認為主人拖得太久，他們可以自行決定是否殺死現任主人，然後尋找下一位主人。」

「……修宇，到底你們是主人，還是那些機械人是主人？」李政瑜的眼角抽搐。

「這個問題我也思考過，我想這個答案應該隨機械人被灌輸的人格程式而有所不同吧。照我看來，那個女人的機械人就將她當成真真正正的主人，但是黑帝斯就不一樣了。」

楊雪臻點頭附和，表情認真地說道：「沒錯，黑帝斯很糟糕，非常、非常的糟糕。」

「助手小姐，躲在別人的背後說壞話很沒有禮貌，可是當著別人的面說那個人的壞話，更加沒有禮貌。」

低沉富有強烈磁性的嗓音響起，黑帝斯又毫無預警的自己解除了「同步」，出現在眾人的面前。

楊雪臻收緊眼角肌肉，還以為她要發火時，她竟是燦爛地笑了起來，可她的一雙星眸裡找不到半點笑意。

她秀手捂著櫻唇，很是訝異地說道：「唉啊，難道你一點也不認為自己很糟糕嗎？修宇是你的主人，可是不管修宇做什麼事情都要受制於你，你做什麼事情都無視於修宇，你這個『下僕』當的也未免太不稱職了吧？既然是一具機械人，生來就是要服從人類的，不管你被灌輸了怎麼樣的人格程式，服從主人的這一點無論如何都不應該有所改變才對……」

停了一下，楊雪臻兩手環胸，嘴邊的酒窩越趨明顯，她輕聲笑道：「呵呵，難不成原來你是一具瑕疵品？出廠時撞壞了腦袋，所以才會連尊重主人這麼基本的道理你都不曉得？」

夾槍帶棒地諷刺了這麼長一段話，楊雪臻氣也不喘，看起來似乎還一副遊刃有餘、隨時可以再度開戰的模樣。

雖然和楊雪臻時常鬧不合，但在摯友的事情上，李政瑜還是分得清楚外敵和內患的輕重之別，如果不是黑帝斯選上白修宇當那吃力不討好的主人，這些倒楣到家的事情就全都不會發生了，所以他涼涼的補上了一句——

「瑕疵品?既然你是瑕疵品，用了丟臉放著礙眼，我們要打包退貨，運費這點小錢我們出得起，給你大鈔不用找，剩下的全送你當小費了。」

「……」

白修宇撫額低嘆，這兩個人感情惡劣歸惡劣，在這種時候倒也懂得摒棄前嫌，砲口一致對外，好一個默契十足啊。

對於楊雪臻和李政瑜兩人的聯手夾攻，黑帝斯連眉毛也沒有挑動一下，笑道：「希望兩位助手在之後的戰鬥上，都能發揮出現在這種活躍，因為我的人格程式讓我很討厭輸的感覺。」

李政瑜不悅地努努嘴，碎碎唸著：「你輸了，還可以揮一揮衣袖滾回你的世界去，我們輸了，小命可就也跟著掛了。」

黑帝斯抿著不變的笑，搖頭道：「助手先生，您說錯了，不一定要主人輸你們兩位的性命才會不保，也有可能是主人贏了，但代價卻是你們兩位的性命。」

李政瑜先是愣住，隨即反應過來，瀟灑的一撥頭髮，臉上掛著風靡校園的帥氣笑容，「我說瑕疵品先生，你看我像是長著一張早死的臉嗎？所謂禍害遺千年，很慚愧，我就是屬於超級大禍害那一種。嘿嘿，我死不了，我家的修宇心肝小寶貝當然就更死不了了。」

楊雪臻的眼角一瞥，「李政瑜，請你不要動不動就說修宇是你家的小寶貝。」

李政瑜一手搭上白修宇的肩膀，另一手活像個痞子般的輕佻地挑起面色淡漠的白修宇下巴，壞壞地笑道：「乖，我的心肝小寶貝，叫聲哈尼來聽聽，氣死隔壁那個沒人要的阿婆。」

「李、政、瑜！」

楊雪臻忍無可忍，一記直拳劃破風聲，狠狠地往李政瑜的鼻梁衝去！

李政瑜敢跟楊雪臻叫板，自然也有他的依仗，在剎那之間他放開了白修宇，手掌一個抬起張開，準確地抓住楊雪臻的拳頭，朝她露出得意的笑容。

楊雪臻冷哼一聲，在右手被制的情況下，身體微微向後，左腳霎時曲起，膝蓋俐落的擊向李政瑜的腹部。

這一擊似乎也在李政瑜的意料之中，只見他一臉不慌不忙，硬是用左手掌心以同樣的方法接住楊雪臻的攻擊。

「姓楊的，妳真想打？」

「姓李的，因為你欠打！」

李政瑜內心澎湃，表面倒是氣定神閒地提議著：「好，我想打妳妳也想打我，既然這樣，我們找個空曠的地方好好打，我早就想領教楊伯父的得意傳人有多少功夫了。」

「可以，我也早就想見識見識被我爸爸評斷『後生可畏』的你有多少實力！」

「你們兩位，要過招以後多的是時間，現在就先讓我把規則那些的說明完可以嗎？」白修宇又想嘆氣了，這兩個才聯手抵制外患沒有多久，一轉眼卻又內鬥了起來……他們果然是天生的冤家，水與火絕對不相容嗎？

「主人，您的這兩位助手真是有趣。」黑帝斯整一副就是看戲的樣子。

白修宇都發話了，楊雪臻和李政瑜只能彼此怒瞪對方一眼，各自收起攻勢，一左一右地坐在白修宇的兩側，形成壁壘分明的楚河漢界。

坐在木製地板的白修宇疲憊地揉了揉眉間，不過長久以來養成的習慣，讓他即使疲憊，挺直的背脊依舊沒有一絲鬆懈。

「目前所有的機械人形都只會透露出完成第一階段的條件，只有完成第一階段後才會公布第二階段的條件，現在我們三個人要做的，就是努力、努力再努力的活過第一階段。」

「那規則呢？」

李政瑜可是還清楚的記得，之前楊雪臻很鄭重的告訴他說非助手的人插手幫助主人，那麼就等同於主人的失敗，機械人形會當下立刻殺死其主人。

白修宇回答道：「規則並沒有太多，第一，戰鬥必須是兩名主人之間的戰鬥，機械人形和助手都屬於輔助角色，只有由主人親手殺死另一名主人，才能達成勝利條件。」

「第二，在戰鬥中不可以有非助手的人幫助主人對抗另一位主人，一旦發生這種情況，該主人的機械人形可以自行判斷是否要誅殺其主。」

「第三，每一次戰鬥必須是一對一的模式，當每場戰鬥開始時，其他主人不可插手戰鬥，也不可在戰鬥後趁機攻擊剛結束戰鬥的主人，除非該主人同意接下戰鬥。」

「第四，每個主人最多可以擁有兩位助手，分別負責『攻擊』和『防禦』。『攻擊』的助手專司攻擊，禁止做出任何為主人防禦的行動；同理，『防禦』的組手專司防禦，禁止做出任何為主人攻擊的行動。」

「第五，在戰鬥過程中都沒有違反以上四點，失敗的機械人形親口承認其失敗，在選擇『殉葬』或是『回歸』後親手將機械晶片交給戰勝者，才算真正取得勝利。」

「……就只有這五條規則？」李政瑜不敢置信的張大眼，問道：「例如戰鬥場所一定要避人耳目，不能被一般人發現，要做好保密工作之類的都沒有？」

若是被世人知道有黑帝斯這種超高科技的機械人，還是另一個空間裡還存在著另一個世界，這兩者無論哪一種，造成的騷動都絕對不是用混亂就足以形容的！

「沒有。」

白修宇想也不想地搖頭，「你說的那些，全都是由主人自行決定……是要韜光養晦，或是要隨心所欲鬧得人盡皆知，那都不在規則的限制範圍以內。而且除了戰鬥以外的時間裡，主人皆可視其需要，利用機械人形或者『同步』狀態去做任何想要做的事情。」

——在戰鬥以外的時間裡，主人可視其需要利用機械人形或者『同步』狀態去做任何想要做的事情？對於那位君王所擬訂的規則，除了考驗人性這四字以外，李政瑜徹底無語了。

普通人突然之間知道自己隨時可能死去，卻又在同時獲得了強大的力量，可以做到以前根本不敢妄想實現的事情時，會產生什麼樣的心態？

就好像那個完成心願而死去的女人一樣……

想到那個女人，李政瑜驀地全身一震，胸中驚濤驟起，抬眼緊張地望向白修宇。

注意到他的視線有別以往，白修宇不解地問道：「政瑜，怎麼了嗎？」

「不，沒事。」發現自己的情緒過於激動，李政瑜立刻強迫自己裝出一張假面的微笑。

修宇已經向他保證過了，所以修宇一定沒有問題的……

一定沒有問題的。

DEAD GAME 0105

回　家

「對了，助手先生，這是你的手環。」黑帝斯不知道打哪裡拿出了一個銀黑色，類似手錶的金屬寬版手環。

「這有什麼用？」

李政瑜這時才發現，楊雪臻的手腕上也有一個一模一樣的手環。

黑帝斯笑道：「這個手環具有平面空間壓縮技術，只要助手先生將它戴上，它就會立刻鎖定你的ＤＮＡ資料，除了你以外的人再也沒有辦法使用它。助手小姐，請妳示範一下使用方法。」

楊雪臻冷冷地看了李政瑜一眼後點頭，在手環螢幕邊緣的按鍵按了一下，霎時楊雪臻的身後劈里啪啦的出現許多物體飄浮在半空中。

那些飄浮物體有楊雪臻曾經使用過的短弓、以及日式長刀、匕首、刺針等等的冷兵器，還有醫療箱、繩索、鐵勾之類的輔助用具，甚至包括好幾十瓶的礦泉水和好幾十包便利商店販賣的乾糧餅乾、肉乾等食品。

楊雪臻又按了手環邊緣一下，那些物體瞬間消失的一乾二淨。

「這個手環的操作方式很簡單，分做『倉庫』和『快取』兩個部分，『倉庫』的容積大約可以存放三立方公尺左右的無生命物品，不管是一根草還是一個人，只要是有生命體，『倉庫』都無法收進。」

「想要將物品收進『倉庫』時，將手環的螢幕邊緣對準物品，用力按一下鍵就可以收進去了。當你想要清點『倉庫』裡的物品時，也只要用力按一下螢幕邊緣的按鍵，所有的物品就會像剛剛那樣出現。」

聽到楊雪臻說將邊緣對準物品，就可以收進「倉庫」時，李政瑜的兩隻眼睛閃閃發亮了起來，「這樣說的話，在戰鬥時只要把邊緣對準對方助手的武器，不就也可以用這招——」

「助手先生，很遺憾，那是做不到的。」

對李政瑜的突發奇想，黑帝斯臉上浮現明顯的嘲笑，「每一樣物品在收進『倉庫』時，『倉庫』就會將物品附著上助手的ＤＮＡ資料。在物品已經附著上ＤＮＡ資料的情況下，其他『倉庫』皆無法將該物品收入，哪怕是助手死了，『倉庫』毀壞了，其他人也依然無法收入自己的『倉庫』。」

「而且最重要的一點是，想要收入『倉庫』的物品，必須是無人使用的情況下才可收入。當有人將該物品拿在手上或者穿戴在身上時，同樣無法收入『倉庫』，除非持有者是助手先生你本人。」

美好的幻想被像面鏡子一樣劈里啪啦地打碎，李政瑜眼裡的亮光頓時沒了，哭喪著臉躲到角落頹喪地畫圈圈。

「限制怎麼那麼多啊？害我以為想到好方法了……簡直就是詐欺嘛，太過分了……」

楊雪臻無視某顆遭受無情打擊的少男心，逕自繼續解說，李政瑜的反應倒也不慢，馬上又從鬱悶中振作起來，專心做他的筆記。

「『快取』就像是電腦的快捷鍵，方便助手在戰鬥中的應用，最多可以設置九種物品的『快取』。」楊雪臻指著李政瑜剛戴上的手環，「你注意看，在螢幕下方這裡有九個按鍵。」

李政瑜低頭細細一瞧，果不其然有八個長方形按鍵，第九個則是不規則狀。

「設置『快取』的方式很簡單。」楊雪臻說著，在其中一個長方形按鍵上輕輕一按，方才『倉庫』出現過的那把日式長刀立刻出現在她的手中，「只要將螢幕對準你想要設置「快取」的物品上，選擇一個按鍵，輕輕一壓——」

她按下按鍵，長刀剎那間從她的手中消失。

「就這樣，你明白了吧？不明白我也不會再跟你解釋了。」

「明白，我這麼聰明，一聽就懂，怎麼會不明白？」

李政瑜興致勃勃地觀察自己腕上的手環，這個東西雖然使用限制不少，但基本上還是個好東西。

先前李雪臻就是利用手環拿出麻繩和鐵勾，無聲無息地攀爬上大樓的外牆，再拿出短弓和弓箭來個天降奇兵。

不過一般的武器無法對「同步」中的敵人有太大的殺傷力，看來得去找點好料才行，像是那種可以打穿裝甲車的槍械就不錯。李政瑜在心中暗暗打定主意。

見他們的談話告一段落，白修宇低頭看看手錶，站起身說道：「都快四點了，你們會餓嗎？我做點小點心，晚飯也在這裡吃吧。」

「修宇，你有沒有做綠豆薏仁湯，我要喝！」

「在冰箱裡，你自己盛，順便幫雪臻盛一碗。」白修宇的視線轉向黑帝斯：「你可以喝嗎？」

黑帝斯優雅地笑道：「請主人放心，為了跟人類更貼近，我也擁有進食功能，而且更重要的是這是主人您做的，就算我沒有進食功能，也一定會抱著報廢的決心喝下去的。」

白修宇淡淡地哦了一聲，朝興沖沖地往廚房拿碗具的李政瑜吩咐著：「政瑜，也幫黑帝斯盛一碗。」

「為什麼我得幫那個討厭鬼盛湯啊……」

李政瑜嘴上不滿的嘟噥著，不過手裡倒是乖乖地又盛了一碗放到托盤上。

「拿去！你們兩個愛吃不愛動的！」

「不是我不愛動，是既然修宇叫你盛了，我如果自己動手，就有違他的好意了。」

楊雪臻沒好氣地白了李政瑜一眼，拿起湯匙喝了一口冰涼涼的甜湯。湯的顏色非常翠綠，綠豆和薏仁的軟硬度也煮得恰到好處，而且喝進嘴裡感覺不會太過甜膩，白修宇的手藝可以說是非常不錯的了。

黑帝斯也一口一口喝著甜湯，但從他那幾乎萬年不變的欠揍表情裡，李政瑜覺得他也只是「喝」罷了，完全無法品嚐其中美味。

算了，管這破爛機械喝不喝得出美味，我喝得出來才重要！李政瑜表情期待地坐下，才想喝第一口，門口卻很不適時地傳來了電鈴的聲音。

「政瑜，我走不開身，幫我開一下門。」

聞言，李政瑜垮下了臉，心不甘情不願地站了起來，一邊往玄關走去，一邊抱怨著：「按什麼鈴啊?門都壞了還按……」

被打斷享受美食的時間，李政瑜滿懷怨氣的拉開門，剛想不客氣的大喊「找誰」，但一看清來人，他所有的話都梗在喉嚨裡，只有一雙瞪大的眼睛，真實地表現出他的不敢置信。

站在門口的女人年約二十五、六左右，鼻梁架著墨鏡，穿著一身俐落套裝，顯現其精明幹練，還有那凹凸有致的玲瓏身材。

「大、大、大、大姊!?」

「你叫了我四聲大，我年紀已經夠大了，不需要你一再強調。」李靖芸摘下墨鏡，露出她那張明豔綽約的細緻臉龐，「少爺在嗎？」

李政瑜好不容易才把要脫臼的下巴塞回原處，一聽大姊要找少爺，趕緊點頭說道：「在，修宇現在分不開身，所以讓我來開門。」

雖然李靖芸並沒有問的這麼多，但是出於對她的敬畏，李政瑜還是心虛地解釋了一下。

李政瑜不說還好，他一說出口，李靖芸瞬間變臉，揪起他的衣領，「跟你說過多少次不准直呼少爺的名字了？你怎麼一直改不過來？就算你和少爺都搬到外面住，該有的規矩還是要有！下次再給我聽見你直呼少爺的名字，我就把你用直昇機載到高空丟下去，死了投胎重新再教育，連屍體都不用收了！」

這幾句話嚇得李政瑜一顆小心肝差點從喉嚨裡蹦出來。他可不認為大姊的威脅是說好玩的，要是他敢再給大姊聽到他叫一聲「修宇」，絕對會讓他死無全屍。

「是！我、我知道了……」

反正只要不讓大姊聽見就行了。李政瑜擦擦額頭上的冷汗，表面順從無比，心裡卻在偷偷打著小算盤。

「知道就好。」

李靖芸滿意地點點頭，下一秒卻又不滿地瞪著他問道：「對了，你打算讓我在這裡站到什麼時候？還不請我進去。」

「啊？啊！是！大姊，請進請進。」

玄關離小客廳也不過兩、三公尺的距離而已，因此李家姊弟的對話，幾乎沒有一句遺漏地傳進了小客廳的兩人（？）耳裡。

雖然和李政瑜不對盤，可是禍不殃及池魚，基本的禮節楊雪臻還是懂得遵守。她放下湯碗，主動起身和李靖芸問好。

「妳好，我是楊——」

才說不到一半，便聽李靖芸打斷道：「我知道妳是楊雪臻，妳也好。」

她轉動視線，目光充滿警戒與懷疑的盯著坐在一旁的黑帝斯。

黑帝斯始終不動如山，俊美到令人顫慄的臉上雖帶著微笑，目光卻好似刀刃，散發著一種難以親近的冰冷氣息。

李靖芸的眼皮微微跳動了一下。

陌生人。

這個人不論長相，或是氣質都會令人留下深刻的印象，但卻從來沒有哪一份資料提過這個人，宛如憑空出現的一般。

「大、大姊，這個人是、這個人是那個……」

慘了，以大姊的手段，應該早就將修宇周遭的人無論有沒有交集，全都調查得一清二楚了，可是黑帝斯是昨天才「蹦」出來的，該怎麼介紹才好？總不能用囂張欠揍的機械人帶過去吧!?

就在李政瑜緊張得不知該如何是好時，白修宇恰巧從廚房走了出來，當白修宇看到李靖芸站在面前時，臉色也是同樣一個怔然。

「大姊？」

「少爺！」李靖芸一見白修宇，不由得激動地眼泛淚光，衝上前去一把將他抱進了懷裡。

「大姊，妳先放開我……不然我很可能會窒息。」白修宇苦笑。

李靖芸的身材很好，胸部也非常傲人，就視覺上而言相當賞心悅目，但當你的頭被壓在那胸部上磨來蹭去，連呼吸的空隙也沒有的時候，那就一點也不有趣了。

聞言，李靖芸連忙放開白修宇，纖細的手指順勢抹去眼角的淚珠，很是心疼地說著：「少爺，您變瘦了……自己一個人在外生活一定很辛苦吧？早知道我就該和您一起離開的才對……政瑜這個笨弟弟，除了臉以外根本一點用處都沒有……」

大姊，太過分了，妳這是貨真價實的毀謗。這句話，李政瑜只能在心中反駁，要是他膽敢破壞李靖芸關懷白修宇的時間，事後不死也只會剩下半條命了。

白修宇淡漠的眼中浮現出一絲溫暖，他凝視著李靖芸，嘴角輕輕揚起，形成柔和的弧度。

「大姊，我沒有變瘦，反而還胖了很多，妳會覺得我瘦，只是因為我長高了。」

「還不夠胖，剛剛我抱您的時候都抱到骨頭了。」李靖芸講著，眼淚又掉了下來。

白修宇從小方桌上的紙盒抽出一張衛生紙，一邊輕輕地替李靖芸擦去眼淚，一邊忍不住打趣著：「大姊，不要哭了，再哭妳漂亮的眼妝就全都白畫，變成熊貓妝了。」

被白修宇一說，李靖芸不由得破涕為笑，「什麼熊貓妝？我的眼線和睫毛膏都是防水的。」

見李靖芸總算停止了眼淚，白修宇這才問出了重逢以後一直懷抱的疑問。

0100101011100011001
10010001

「大姊，兩年不見了，妳怎麼會突然來找我？」

「雖然很不放心少爺，可是在少爺離開時，我就告訴自己只要少爺您過得平安健康，就不要來打擾您了……」說到這裡，李靖芸面帶遲疑地望了白修宇一眼。

「是白先生的意思嗎？」白修宇的眼眸黯了一黯。

「是的，先生突然要我請少爺您回去一趟。」

白修宇閉起眼睛，只見他自然垂放在兩側的雙手猛地緊緊握起，緊到修剪整齊的指甲深深陷進掌肉之中。

認識白修宇兩年以來，這還是楊雪臻第一次見到他顯露出如此激烈卻又內斂的情緒，彷彿一頭負了傷的野獸，高傲而孤獨地在傷痛中掙扎一樣。

沒有人開口打破這凝滯的空氣，哪怕是黑帝斯，此時也收起慣有的笑臉，以一種諱莫如深的眼神注視著白修宇。

過了許久，久到讓人懷疑是否過了一世紀之久的時間後，白修宇的嘴唇才緩緩張動，吐出略帶嘶啞的嗓音。

「……我知道了，我和妳回去。」

白修宇望著車窗外，眼瞳倒映出一幕幕流逝而過的景物。

離開白修宇所租賃的地方已經有半個小時多了，這一路上，他一直保持沉默，用專注的表情凝視著窗外。

李政瑜和楊雪臻這對冤家雖然相鄰坐在對方的隔壁，卻也難得的沒有拌嘴，同樣保持沉默。

另一方面，不知道出於什麼理由，李靖芸請黑帝斯坐在助手座上，而黑帝斯也沒有反對。

李靖芸趁著開車之餘觀察著黑帝斯，雖然李政瑜介紹黑帝斯是新認識的朋友，不過她總覺得黑帝斯和白修宇他們之間存在著一種難以形容的緊張氣氛，甚至李政瑜和楊雪臻會偶爾在不經意間流露出對他的敵意。

絕對不是朋友。

但，那個笨蛋弟弟又為什麼要為他掩飾身分？李靖芸越想越不對勁，可是白修宇既然沒有解釋黑帝斯來歷的打算，她也就不好開口詢問，只能在開車時小心地將注意力分散到黑帝斯的身上，希望藉此找出一些蛛絲馬跡。但是一上車，黑帝斯便狡猾的閉起眼睛假寐了起來，讓李靖芸打的算盤全落了空。

車子繼續開了十幾分鐘，從高速公路的指示牌上，可以知道車子已經駛離白修宇他們就讀高中所在的縣市。

這時李靖芸開口打破凝重的沉默，說道：「還有兩個小時左右的車程，你們累的話可以先瞇一下眼睛，等到了之後我會叫你們。」

頓了一頓，李靖芸抬頭望向後照鏡，「楊同學，今天晚上妳可能得在我們那裡過夜了，要不要打電話通知令尊一聲？」

楊雪臻回道：「好的。不好意思，可以麻煩借我手機嗎？」

學校以影響上課秩序的理由禁止學生攜帶手機，所以除了部分興趣為反抗校規的學生，基本上一般學生都不會攜帶手機去學校的。

「當然可以。」

李靖芸報以微笑，伸手將放在止滑墊上的手機遞給楊雪臻。

說了一聲謝謝，楊雪臻撥打家裡的電話，響沒幾聲，便聽到楊文彬的聲音從話筒傳來。

「爸，是我。」

電話另一端的楊文彬哈哈笑了幾聲，「雪臻啊，我今天接到你們導師的電話，說妳蹺課了。爸爸很開心喔！爸爸還以為妳這小孩都沒有叛逆期，一點都不好玩，讓爸爸沒辦法打妳屁股。」

楊文彬的嗓門不小，車內的所有人都聽到了他說的話。李政瑜首先不小心笑出了聲，李靖芸嬌豔的容顏也浮現莞爾一笑。

「咦？我好像聽到了政瑜那小鬼的笑聲。」

楊雪臻毫不困窘於李家姊弟流露的笑意，以平穩的語調說道：「爸，我現在和修宇他們在一起，要去修宇他家，今天晚上可能不會回去了。」

「修宇他家？是他租的那個公寓，還是……」

「就是你說的『還是』。」她接過楊文彬的話。

話筒的另一端突然無聲，過了幾秒鐘之後，一聲歡喜雀躍的大笑如平地乍起的響雷傳入眾人的耳中，尤其是正拿著手機對話的楊雪臻受害更是嚴重，過大的音量讓她耳鳴個不停。

「好啊！修宇那小子終於要把妳介紹給他家人認識了嗎？哈哈哈哈！我就說嘛！像我家女兒這樣一個力量、智慧與美貌兼備的美少女，修宇怎麼可能會看不上眼？雖然政瑜也不錯，不過他太花了，也沒什麼定性，不是一個好對象。修宇那小子性格淡漠了點，可是一旦有了喜歡的對象就會非常專情。女兒，爸爸的眼睛不會看錯，爸爸敢打包票，妳嫁給他絕對錯不了！」

「……」

楊文彬這幾句話像是連鎖效應一樣，瞬間引起車內各種不同的反應。

本來面無表情的楊雪臻俏臉如成熟蘋果般變得通紅，同時坐在她身邊的李政瑜也變了臉，眼角肌肉憤怒地一個收緊。

開車的李靖芸則是輕輕蹙眉，複雜的表情像是歡喜又包含更多擔心，而副駕駛座上閉眼假寐的黑帝斯嘴角幾不可見的微微勾起。

至於白修宇依然定眼凝視窗外，不變的表情彷彿他從未聽到楊文彬的話一樣。

「爸，總之就是這樣，我可能會外宿，確定的話到時再打電話通知你。」楊雪臻有些惱羞成怒，匆匆說了這句便掛斷電話。

「見鬼了……力量、智慧與美貌兼備的美少女，楊老伯還真是會老王賣瓜自賣自誇啊。」李政瑜睨了睨楊雪臻，很是不屑的哼了一聲。

楊雪臻眼一瞇，冷著聲問道：「李政瑜，你又想吵了？」

「是啊，我又想吵了。怎麼樣？不爽咬我啊。」

「李、政、瑜——」

「安靜。」

輕悠悠的兩個字，換作是別人說了，可能一點效用也沒有，不過當說這兩個字的人是白修宇時，可就比什麼聖旨都還有效了。

李政瑜和楊雪臻背後冒出的熊熊大火頓時被一桶冷水澆熄，兩人乖乖地閉上嘴坐著，再也不敢開口說一個字。

這三個人的互動，透過後照鏡觀看的李靖芸只覺得好笑，她的弟弟和楊雪臻就像是如何訓練也處不來的狗跟貓，平時狗拳貓爪鬥得再狠再凶，可只要主人一發話，再天大的事也就到此為止。

小插曲結束，又過了兩個小時左右，車子下了高速公路，從周圍的景色來看，車子正逐漸朝郊區駛去。

在一片夜色裡，楊雪臻看見前方不遠處有一座別墅，在溫暖的燈火中孤伶伶地矗立著。

白修宇還是沒有一絲情緒波動，但從李政瑜忽然一臉緊繃的樣子看來，楊雪臻也不由得緊張地想，或許他們快抵達目的地了。

DEAD GAME 0106

白 先 生

那棟別墅果然就是他們的目的地，在別墅的門口，還有兩名保全警衛站在那裡戒備著。

楊雪臻是上高中後才認識白修宇和李政瑜，他們兩人對各自的來歷提也沒提起過，連級任導師也都一知半解，這兩個人就好像謎似的，她只知道他們兩人都獨自在外生活，就連學費、生活費也都是靠自己賺取。

不過相處久了，自然就能發現這兩個人與同級生間的明顯不同。白修宇有著清晰的思考力和判斷力，一舉一動無不散發著優雅氣息，而李政瑜光看外表會覺得不過是一般時下年輕人，卻具備了相當高程度的搏殺技巧。

更重要的是，從之前的那場戰鬥中，楊雪臻發現這兩個人對於「殺人」完全沒有任何的牴觸。

李政瑜那時在聽到她說那個女人有殺死白修宇的意圖時，眼裡迸射出來的是無法掩飾的濃烈殺意。而白修宇在殺死那個女人後，一臉冷靜的神情絕對不是故作鎮定。

李靖芸打了個手勢，那兩名警衛回了一禮，便拉開深鎖的鐵製大門，示意李靖芸將車子開進。

這棟別墅占地相當廣闊，從大門到別墅本屋，目測大約還有兩百公尺左右的距離，雖然現在夜幕低垂，但憑藉光線充足的照明設備，還是可以清楚的看見周圍瀰漫雅致氣息的造型園藝景觀。

火紅色的法拉利跑車在別墅的門口停下，一名穿著西裝的老人快步走了出來。

「少爺，您回來了。」老人的聲音帶著些微的激動。

「林伯，好久不見了，你的身體看起來還是很強健的樣子，這比什麼都好。」白修宇微微一笑，話題一轉，向李靖芸說道：「大姊，政瑜他們還沒吃飯，麻煩妳先帶他們去餐廳。」

李政瑜一臉不贊同地開口道：「修、不是，少爺，我跟你去！」意識到李靖芸的在場，他趕緊換了稱呼。

白修宇搖頭，「不用了，我自己一個人去，放心吧，不會有事的。」他朝李政瑜露出一記安撫的眼神，頭也不回的隨林伯進入屋內。

黑帝斯腳步一提，正想跟上前去，卻被李靖芸阻擋去路。

「對不起，這位少爺的『朋友』，少爺剛剛已經說得很明白了，請你和我們一起到餐廳。」

「我記得他剛剛是說自己一個『人』去吧？」

李靖芸覺得黑帝斯的話很有問題，卻又說不出哪裡有問題，只好先回道：「少爺的確是這樣說了。」

黑帝斯的嘴角噙上一絲戲謔的笑容，「那麼就是不包括我在內了。」

腳下一點，他竟然陡地躍起，身體宛如沒有重量般地在半空打了個旋，輕鬆避過攔路的李靖芸。

沒想到黑帝斯還有這種身手，李靖芸一愣，等她反應過來時，黑帝斯早已追上了白修宇。

李靖芸看著那抹逐漸遠去的背影，張動幾下嘴唇，表情呆滯地吐出話語：「他就這樣跳過去了……」

沒有助跑，沒有借力，只是腳底那麼一點就躍過她整個人……這是多麼可怕的彈跳力啊？

相對於大姊的驚愕，李政瑜的眼中是恍然大悟的明白，他頗為不甘心地揮拳說道：「自己一個『人』……對了，還有這一招啊……黑帝斯那個傢伙腦筋動得還真快……」

發現到黑帝斯跟了上來，白修宇停下腳步。他沉下臉，眉間略顯不悅地皺了起來：「為什麼跟過來？」

黑帝斯不語，臉上掛著有禮的微笑，一雙深邃的黑眸卻是瞄了瞄負責帶領的林伯。

白修宇立即明白了黑帝斯的意思，用近乎命令的語氣說：「不准用那兩個字，對話採取一般應對。」

那兩個字，指的就是「主人」，至於一般應對，則是不使用敬語對談。只是除了黑帝斯以外，大概沒人能理解白修宇的意思，自然林伯也不例外，聽得滿臉糊塗，還以為是年輕人最近的什麼流行語。

黑帝斯回答：「因為你說自己一個『人』去，所以我想我可以跟來。」他特意加重了那個人字的發音。

「原來如此，是我沒有考慮到。」

黑帝斯是「人形」，並不是「人」。

沉吟了一會，白修宇嘆息坦然承認自己的失策後，堅定地表達出他的拒絕，「黑帝斯，你一定要跟過來嗎？這是我的私事，我不希望你涉入。」

黑帝斯又瞄了一眼林伯，露出燦爛到令人眩目的一笑。

白修宇正想著不妙，黑帝斯已經迅速地單膝跪在地上，右手橫擺在左胸前，垂首低眉，宛如中古歐洲的騎士向國王宣示他的效忠。

「跟隨你、看著你、聽著你，是我存在的意義，我無法想像無法跟隨你的我，會做出多麼瘋狂的舉動。」

0110010111001
10010001

熟練的動作、深情的嗓音，黑帝斯的言行舉止讓今年正式邁進六十大關的林伯目瞪口呆，而來不及阻止他行動的白修宇只能無奈地捂臉搖頭。

「少爺，他、這是、這是……」林伯冷冷地倒抽一口氣，手指顫顫地指著跪在地上不起的黑帝斯。

「林伯，不要理他，你越是慌亂他越是覺得有趣。」安撫了林伯幾句，白修宇的注意力放回到黑帝斯的身上，只感太陽穴隱隱發痛。

這是在警告。

因為他不讓黑帝斯跟著他，所以黑帝斯透過這樣誇張的行為做出威脅。

白修宇可以肯定，如果他堅決不讓黑帝斯跟過來，黑帝斯就不會跟過來，但是一等他見完白先生出來以後，大概整個別墅的人都會知道他是一具擁有超越現今科技的機械人的主人了吧。

「我懂了，你要跟就跟吧。」白修宇揉著眉間，認輸地宣告投降。

聽到這句話，黑帝斯這才站了起來，帶著勝利的笑容走到白修宇的身後。

「少爺，這……」林伯猶豫地看了看黑帝斯。

「不要緊，林伯，就讓他跟吧。」

林伯恭敬地應了一聲是，帶著白修宇兩人走上三樓，在彎彎曲曲的走廊左彎右拐了幾次，沒多久，林伯在一扇沉重的木門前停下。

「少爺，先生在裡頭等您，我就不方便進去了。」

白修宇沉默地一個頷首，站在門前不著痕跡地深深吸了一口氣後，他抬起手，緩緩推開那道木門。

那個人就站在那裡。

倚在書桌旁，手指把玩著鋼筆，這顯得輕佻的動作由那個人做來，只有率性而優雅足以形容。

雖然已經四十歲了，但白先生的外表看起來卻不到三十，滿頭烏黑，一根白髮也沒有。

白先生長得和白修宇非常相像，相像到彷彿看著白先生，就可以直接想像出白修宇二十年後的模樣。

「你回來了。」

一道低沉的聲線從白先生的口中傳出，白修宇忽然動不了，雙腳就像被釘子釘住一樣，無法移動，覺得心臟的跳動聲居然清晰到能夠傳入自己的耳中。

白先生細長的眼睛半闔，轉向臉色蒼白的白修宇，緩緩朝他伸出了手。

「過來。」

聞言，白修宇全身一震，身體的行動優先於大腦的思考，他順從地走到白先生的眼前。

「兩年不見，你長大了很多。」白先生含笑地說著，視線似不經意般地越過白修宇，望向靜靜站在門邊的黑帝斯。

「那位年輕人，是你的朋友嗎？」

白修宇艱難地蠕動嘴唇，好不容易才發出了聲音：「是的。由於某些原因，他不能離開我太遠，請先生當他不存在就可以了。」

「是你可以信任的人？」白先生又問。

「是的。」他腦袋有問題了才會信任黑帝斯。

「這樣啊……」白先生面上浮現一抹和白修宇極為相似的溫雅微笑，下一瞬，他竟是反手一揚，狠狠抽了白修宇一個巴掌。

嘴邊流出蜿蜒的血絲，白修宇淡漠的表情不變，黑帝斯也依舊站在原處，沒有做出任何反應。

白先生拿出胸前的手巾，輕輕擦拭他的手掌，一副什麼也沒有發生過的表情笑著說：「看來你這個朋友很不錯，比李政瑜那孩子冷靜多了。」

「謝謝先生的誇獎。」白修宇低頭回禮，一滴鮮血落在皮毛舖成的地板上。

「傻孩子，都流血了，也不懂得擦一擦。」白先生嘆息了一聲，用剛才的手巾將白修宇嘴邊的血跡擦去。

「不過，修宇，你這位朋友很神祕，聽靖芸說就像是憑空出現的一樣。而且今天你和你的幾位朋友似乎發生了挺有趣的事情，我們的人趕去那棟廢棄大樓的時候，發現那棟大樓有打鬥過的痕跡。更有趣的，是他們發現了你的足跡從大樓外牆的一樓一直延伸到四樓左右的位置……修宇，關於這些事情，你有興趣解釋一下嗎？」

「是的。由於某些原因。」

低垂的眼簾，相同的回答，讓白先生幾不可遏地輕笑起來，「呵呵……修宇，你這個孩子真是越來越可愛了……」

對於白先生的評語，白修宇只是繼續低著頭，以無聲代替回答。

「雖然很想知道你這孩子發生了什麼事，不過算了，你都長這麼大了，也該有屬於自己的祕密。」白先生面色和藹地揉了揉白修宇的頭髮，說道：「修宇，這次叫你回來，除了想認識一下你的那位新朋友，還有件事情想讓你處理。」

「先生請說。」

「明天你幫我去一趟日本和古澤先生談談，他這次該給我的貨物已經拖了有一個月了，希望他能給我個交代。你學校方面，我會讓靖芸去處理。」

白修宇點頭，「是的，我明白了。」

「好了，都這個時間了，你去餐廳吃飯吧，今晚早點休息。」

「那麼先生，我就先下去了。」

——沉重的木門再度關上。

白先生帶著笑，掏出一只純銀製造的打火機，喀嚓一聲將手巾點燃，隨意地丟進桌上的菸灰缸中。

「先生。」一名男子無聲無息地出現在白先生的身後。

「怎麼樣？那個年輕人。」

「無法判斷，不過很不簡單，他發現我了。」

男子肯定地回答。黑帝斯從進門之後，視線就一直若有似無的飄向他藏匿的位置，嘴上還掛著意味深長的微笑。

白先生的眉尾頗感興味地挑起，笑道：「連修宇都沒發現你，那個年輕人卻發現了……真是有趣。」

「先生，到目前為止我們還沒有找出關於那個黑帝斯的來歷。」

白先生沉思片刻，笑道：「找不出來就不用再查了，既然修宇那個孩子希望有點隱私，這點小小的願望我當然願意為他達成。」

「是，我會吩咐他們停止調查。」

白先生目光轉向那道緊閉的門扉，似喃喃自語，又像是在說給那名男子聽。

「修宇也越來越像了……那張令人噁心的臉。」頓了一頓，白先生冷笑了一聲，手指在桌面上輕敲，「雖然我也沒有資格這樣說，不過每次看到他那張臉和我這張臉，我都有種想撕爛它的衝動。」

男子說道：「先生如果不喜歡，可以去做整形手術，換一張先生喜歡的臉。」

「我喜歡的臉？」白先生摀著臉，抖動肩膀，近乎瘋狂地大笑，「哈哈哈……我喜歡？什麼是我喜歡？真的是『我』喜歡嗎？我是什麼？我算什麼！」

白先生牙一咬，驀地掃落桌上的所有物品，瞪大的雙眼裡充滿紅色的血絲，他像是想怒吼，想痛哭，但緊咬的牙關讓他只能發出斷斷續續的破碎聲音。

注視著宛如發狂的白先生，男子只是站在原處，默默地垂下了頭。

走出書房一段距離後，白修宇突然跌坐在地板上，他再也控制不住幾乎將內臟翻了一轉的嘔吐慾望，張開嘴，一股酸液霎時從胃部反湧而出。

嘔出酸液，白修宇喘了幾口粗氣，掙扎地扶著牆壁站起，堪堪站穩，一隻骨節分明的手便出現在他的視線中。

黑帝斯笑道：「主人，請讓我扶您。」

白修宇迷惘的雙眼立即清晰起來，他搖頭拒絕了黑帝斯的協助。

「不需要，我休息一下就好了。」

「瞭解，目前這個地方沒有人靠近，主人您可以放心休息。」

「很難得見到你這麼貼心。」貼心到讓他懷疑黑帝斯是不是有哪裡故障了。

黑帝斯按著胸口，一臉誠懇地說道：「主人，您的話真令我傷心。我一向都很貼心，只是您沒有發現到。」

還有點絞痛的胃部讓白修宇懶得去和黑帝斯探討貼心的涵意，他扶著牆壁站了好一會兒，覺得比較舒服才重新看向黑帝斯。

「政瑜如果有問你發生什麼事，你就只要告訴他白先生打了我一巴掌，知道嗎？」

黑帝斯歪歪頭，笑道：「既然主人這樣說，我保證我會照主人的意思回答。」

得到保證，白修宇放心地點了點頭，剛想提起腳步，卻聽黑帝斯說道：「主人，我複製了那個『殉葬』機械人的記憶，您知道那個機械人為他的主人做了什麼嗎？」

不明白黑帝斯為何提起這個話題，白修宇用眼光督促他往下說。

「那個機械人的主人雙親都去世了，只剩下一個感情非常好的妹妹，但那個妹妹卻在前些日子被一群少年殘虐致死。警方抓到了那群凶手，但你們世界的法律保護著未成年者，那群凶手只需要被關上幾年，就可以抵銷曾經犯下的錯誤……而死去的亡者，終歸死去。」

白修宇的表情陰鬱得冷然無波，「那個女人的願望，就是殺了那群殺死她妹妹的凶手？」

黑帝斯頷首笑道：「是的。假如沒有機械人形的出現，那個女人只能懷抱著憎恨，日復一日，悲哀的活著，什麼也無法做到。」

「……為什麼要對我說這些？」

「主人，我感覺得到，在您的心裡也有著一個願望……一個讓您一想起，心臟彷佛就會碎裂的強烈願望。」

黑帝斯抿著笑，深邃的漆黑眼眸閃爍著難以形容的詭異光輝。他微微揖下身，行雲流水般地朝白修宇行了一禮，「主人，我們來做個條件交換吧？如果您可以活到最後，成為最終的勝利者，我願意協助您達成您的願望。」

白修宇一瞬也不移地凝視著垂首低眉的黑帝斯……許久後，他不發一語，逕自越過黑帝斯離去。

「真是一位難搞的主人呢……不過這樣也很可愛。」黑帝斯的嘴唇一撩，隨即提起腳步，跟上了他的主人。

DEAD GAME 0107
舊友

「等等，楊雪臻，我看過妳滴一滴血就能找出修宇的所在位置，這是『攻擊』的助手才能擁有的能力嗎？」

李靖芸一回來沒多久，就被叫走了，李政瑜又打發走了其他人，現在寬闊的餐廳裡只有他和楊雪臻兩人，因此可以盡情的暢所欲言。

楊雪臻吃了一口口感柔軟滑順的肉排，才緩緩說道：「不是，只要是助手，都擁有這種以血搜尋主人的『技能』。」

「……」

李政瑜的額角冒出一個青筋，「那妳之前為什麼不告訴我？」

楊雪臻嘴角一勾，笑得相當愉悅：「現在我不就告訴你了嗎？」

他和這女人果然不合！李政瑜被激得胸口血氣一逆，但又有事情非得請教楊雪臻不可，所以只得努力壓抑下想狠揍那張漂亮臉龐的衝動。

「楊同學，請問那種技能該怎麼使用？」李政瑜皮笑肉不笑，藏在背後的手指骨節握得咯咯作響。

「唉啊，李同學，你現在是在『請教』我嗎？我還以為像李同學這樣的大才子沒有不知道的東西呢。」楊雪臻挑眉，涼涼地說了這一句。

這女人簡直把君子報仇十年不晚發揮到了極致！李政瑜暗暗在心底豎起一記中指。

似乎是覺得報復夠了，楊雪臻放下刀叉，擦擦嘴角，解釋道：「這種技能只適用於助手尋找主人，使用方法就像你先前看到的一樣，在泥土那類柔軟容易留下痕跡的地面滴下鮮血，說出『搜尋開始』四個字就可以了。血液會以助手的方向為準，畫出能夠最快到達主人身邊的路線。」

聞言，李政瑜滿意地發表感想：「嗯嗯，這技能也挺不錯的，比ＧＰＳ還好用。」

「什麼東西比ＧＰＳ好用？」

聽到白修宇的聲音，李政瑜和楊雪臻兩人同時驚喜地轉過頭看去，卻在見到他臉頰上的紅腫又同時沉下了臉色。

李政瑜衝到白修宇的面前，一臉忿忿地問道：「他又打你了？」

白修宇安撫地拍拍李政瑜的肩頭，「只是一個巴掌而已，不算什麼。」

「什麼不算什麼？都腫成這樣了！」

白修宇不想在這個話題上停留，便試圖轉移李政瑜的注意力，說道：「白先生要我明天去日本，找古澤先生問一批貨的下落。」

李政瑜果然沒有多想，立刻皺了皺眉，緊張地問道：「只有你一個人？」

「不，白先生並沒有明言限制，所以我想我可以帶你們一起去。」他望向楊雪臻，「和我一起去嗎？」

「當然，我會和我爸說一聲的。」楊雪臻想也不想地點頭答應。

沒有問為什麼去日本，也沒有問他臉上的傷痕，在看到了這棟別墅以後，更沒有問他的背景……楊雪臻什麼都不問，並不是期待白修宇總有一天告訴她，而是她喜歡的，只是白修宇這個人——哪怕白修宇對她並沒有相同的心情，只把她當成手上的利劍。

確定了楊雪臻也要一同過去日本，白修宇說道：「既然這樣，等會我就請大姊幫忙處理學校那方面的事情。今晚我們得早點睡，雖然有點急，不過我打算趕明天第一班的飛機過去。」

因為白先生會讓他處理的，通常不是什麼簡單的問題。想到這裡，白修宇冷凝的眼中急速地閃過一絲寒光。

翌日。

李靖芸的效率通常很快，白修宇凌晨五點一起床，便從她的手裡接過四張早上八點半出發的機票，以及四個人的護照。

楊雪臻還好說，黑帝斯這個外來戶李靖芸是怎麼處理的？

抱著難得的好奇心，白修宇翻了翻黑帝斯的護照，哭笑不得地在姓名的那一欄裡發現「黑大頭」這個名字，夠有創意，看來李靖芸很記恨昨晚的事情。

李政瑜看到時當場捧著肚皮笑翻，指著黑帝斯「大頭、大頭，下雨不愁」地喊個不停，但是由於黑帝斯沒有什麼反應，依舊掛著那幾乎不變的笑容，李政瑜喊了一陣子覺得無趣，也就自動放棄這個笑柄。

簡單的用過餐，四人趕到機場，兩手空空的坐上了飛機，原本楊雪臻還擔心換洗衣物等等的繁瑣小事，不過一聽日本方面會有人幫他們準備，頓時打消顧慮，放下一顆懸掛的心。

「我長這麼大，還是第一次坐頭等艙。」

楊雪臻數了一下，頭等艙的座位共計十八個，每個座位的前後距離大約八十吋左右，足夠讓每個座位完全躺平後還有多餘的空間。

或許是早晨第一班飛機的關係，整個頭等艙中除了他們四名旅客，就剩下負責服務的三名空姐，幾乎是一比一的服務比例了。

李政瑜替自己找了個舒服的坐姿，嘿嘿笑道：「楊同學，很讚吧？飛到日本而已就坐頭等艙，這都是因為修宇在的關係。我大姊從小就對修宇好得不得了，還曾經發下要把天上的星星摘下來送給修宇的豪願咧。」

0100101011110001 10010001

楊雪臻白了李政瑜一眼，「是你大姊對修宇好，又不是你對修宇好，有什麼好得意的？」

「妳的意思是我對修宇不好了？」李政瑜差點從座椅上跳了起來，他忿忿不平地揮舞著拳頭，為自己澄清道：「我大姊是對修宇不錯，不過要論對修宇最好的人，那就一定是我了，不信妳——」

她打斷李政瑜的話，發出一聲冷哼，說道：「不信我問修宇是吧？反正不管你對修宇好不好，修宇都不會計較，還會為了顧全你的面子說你對他很好。」

「妳的意思是我對修宇不好了？」李政瑜咬牙切齒地瞪著楊雪臻，一臉要她說個明白的樣子。

楊雪臻嘴角勾起，臉上浮現可愛的小酒窩，「這個嘛……至少我不會拿修宇當要和人分手時的藉口，讓修宇幫忙處理善後。」

「楊、雪、臻！」

坐在後方的兩人吵翻了天，而坐在前頭位置的白修宇卻像沒聽到那兩個人的爭吵，拿了一份空姐送來的報紙，悠悠哉哉地閱讀起來，絲毫沒有制止的打算。

報紙上的今日頭條印著顏色鮮明的紅字標題——看守所內的五名少年犯慘死，警方竟毫無所覺。

黑帝斯抿起性感迷人的一笑，低聲說道：「修宇，昨晚我提過的交換條件，隨時有效。」

白修宇的眼中依舊波瀾不驚，裝作沒有聽見黑帝斯所說的話，將報紙從頭到尾仔細瀏覽了一遍，隨手交給經過的空姐。

飛機航行了大約三、四個小時後，廣播器傳來了機長告知抵達日本的訊息。

「修宇，猜猜看會是誰來接我們？」

下了飛機，李政瑜一邊左右張望候機大廳裡的人潮往來，一邊沒事找事做地問著身邊的白修宇。

白修宇想也不想地回道：「還會有誰？既然是大姊聯繫的，又是在日本，也就只有他了吧。」

李政瑜不屑地撇撇嘴，「難說咧，說不定那小子又突發奇想，跑去做個日本環島之旅。」

白修宇張開口，剛想說些什麼，視線內卻出現一道熟悉的身影，他的臉上頓時揚起一抹微笑。

「政瑜，很遺憾，看來你的猜測落空了。」

李政瑜聞言一愣，順著白修宇的視線看去，只見一名穿著立領式學生制服的少年向他們緩緩走來。

那青澀中帶有成熟的五官在李政瑜的眼裡看來有些熟悉，卻也有些陌生，讓他難以將少年和數年前那愛哭的孩子聯想在一起。

「好久不見了。」少年走到白修宇的面前，線條剛毅的臉龐上沒有一點表情。

「好久不見，你變了很多。」

少年的眼瞳中透出幾分淡漠，以一口流利的中文道：「可是你還能認得出我，政瑜看到我的時候似乎認不太出來。」

李政瑜聞言，終於肯定這少年就是孩時的朋友，一副不敢置信地指著少年：「見鬼了！以前看你長得普普通通，丟到人海裡絕對找不到你的模樣，怎麼大了就變成型男了？」

「政瑜，你還是那麼吵。」少年的眉不皺眼不動，只能從語氣中聽出他的不耐煩。

「愛哭鬼，你敢說我吵？」

少年輕描淡寫地說道：「我不是愛哭鬼，那是小時候的事情了。還有，我就是說你吵。」

眼見李政瑜有要發飆的趨勢，少年又語氣淡漠地補充：「政瑜，你現在處於一種不冷靜的興奮狀態，我建議你等待十至十五秒的時間後再跟我對話。」

很顯然的，少年的話無疑是給面臨爆發邊緣的李政瑜火上加油，但顧慮到場所不對，李政瑜臉色陰沉地說道：「隆一，等一下你就別跑！」

白修宇無奈地苦笑，看這種情況，他真擔心萬一楊雪臻接著也和隆一鬧不合，那麼到時可就真的是三國鼎立，亂世再現了。

「我為你們介紹一下，楊雪臻、黑帝斯，這位是泉野隆一，我曾經在日本住過一段時間，那時受了隆一很多照顧。」

「你好。」

楊雪臻友好地伸出手。

然而，泉野隆一看著那隻手，久久沒有反應。

白修宇的眼皮幾不可見地跳了一下，「隆一，雪臻是要和你握手。」

「……走吧，你們去住我那裡。」

泉野隆一看也不看那隻象徵友好的手，自顧自地轉身帶路。

楊雪臻只能尷尬地收回手，在心中痛罵泉野隆一不下三百遍。

看來情況很可能演變成三國鼎立了。白修宇暗自嘆氣。

泉野隆一的性格冷淡，我行我素，向來直來直往，說一是一，沒有屈就也不會妥協……理所當然的，在這樣的個性下，仇家絕對是少不了。

瞧，這不又多增加了一個？

風吹撫著，粉色的花瓣隨風搖曳，飛舞在空中悠然嬉笑。漫天的櫻花，宛如下雪一般的飄落，花瓣就像是地毯一樣，鋪滿了整座庭園。

「還是那麼漂亮。」

白修宇抬起頭，柔和的目光痴痴地注視眼前這一片櫻花林。紛飛的花瓣，色澤豔麗的刺痛雙眼，卻又叫人無法移開視線。

「我第一次見到你的時候，也是這種櫻吹雪的日子。」

泉野隆一邁著凜然的步伐走來，隨著他的走近，地面被踩過的花瓣發出細微的沙沙聲響。

「沒想到你還記得。」

好似驚詫的話，語氣卻是沒有一點訝異。

01001011100
1001000

「因為你也沒有忘記。」

泉野隆一神情淡漠地陳述著：「你的朋友，那個叫做黑帝斯的人一來到這裡，幫他安排好房間後就不見人影了。」

「不用擔心，他就在附近，只是隱藏得很好而已。」正確來說就貼在白修宇的身上，抓緊時間促進「同步」的完全融合。

泉野隆一眼中沒有任何情緒地點點頭，話鋒一轉，說道：「我已經派人聯繫古澤了，請他最晚在今天五點之前給我回應。不過最近古澤的行動很奇怪，如果他真的私吞了那批貨，我想他可能不會理會我的警告，沒有意外的話，今天晚上我們得直接過去他的老巢一趟。」

「麻煩你了。」

「我們是朋友，無所謂麻不麻煩。」泉野隆一認真的眼，直視著身旁的人。

「我知道，可是我還是想對你說謝謝。」

灑落而下的陽光，在白修宇帶著溫雅微笑的臉上形成柔和而朦朧的光彩。

泉野隆一默默不語，只有那一雙始終沒有移動的眼眸像是要尋找什麼似的，深深凝望著白修宇。

死寂般的，靜謐。

然而，這片寂靜在一聲突來的暴躁怒吼中破碎。

「泉、野、隆、一！」

李政瑜踏著櫻花花瓣，來勢洶洶地衝到泉野隆一的面前。

「我不是要你不要跑嗎？害我找了這麼久！」

李政瑜小小抱怨了一下後，挺起胸膛扳直腰骨，讓他的身高比泉野隆一高出了那麼一點，「來來來，你這個愛哭鬼竟然膽子大到跟我槓上，我倒要看看你這幾年是進步多少了。」

泉野隆一連一絲一毫的猶豫也沒有，「可以。我贏了的話，愛哭鬼這三個字你不准再提。」

李政瑜也是同樣乾脆地答道：「成交！我贏的話，你要為那句『你還是那麼吵』

向我道歉！」

該說是小題大作，還是直接用無聊來作為總結？白修宇不禁失笑，不過這也是一種友情的型態吧，雖然時常吵架打鬧，可是一旦面臨危機，卻會展現出難以言喻的羈絆，給予對方絕對信任的深厚情誼。

「既然這樣，你們兩個人不如換一種方式吧。」

剛要動手的李政瑜和泉野隆一不解地看向白修宇，眼中浮現同樣的疑惑。

「那一種方式雖然需要第三者的配合……不過我想那位第三者應該會很樂意配合你們吧。」

李政瑜歪頭問道：「修宇，你說的那個是指什麼方式啊？我和愛哭鬼槓上，是我和愛哭鬼的事情，哪裡還需要什麼第三者的配合？」

白修宇淡淡回答：「既然你們都是要槓上，那倒不如找一個更能讓你們燃起鬥志，同時也讓我覺得多少有所收穫的方式。」

「我們？你？多少有收穫？修宇，你越說越讓我迷糊了。」李政瑜的腦袋裡浮現滿滿的問號，而泉野隆一也一臉不明白地看著白修宇。

「這個嘛……」

白修宇諱莫如深的笑了笑，開始向兩人說明他所謂的「方式」。

DEAD GAME 0108

阿　　波　　羅

「愛情就像是鄉野間的鬼魂，誰都在說，卻誰也沒有見過……」

他合起書本，頭疲憊似地靠著撐在椅把上的左手，瞇起眼，用著詠嘆似的聲調喃喃說道：「嗯，原來如此，人類就是這種生物，總是冀望著不值得信任的字詞，真是可悲。你說我說的對嗎？古澤。」

古澤的全身一顫，在他的眼神注視下不自覺地倒退了數步，唯唯諾諾地點著頭回道：「沒、沒錯，就如您所說的一樣。」

他狀似愉悅地發出低低的笑聲，「古澤，你可以放輕鬆一點，我並不會因為你一點失誤，就要了你老婆、孩子的命。」

「是，謝謝您。」

對著眼前這名年輕男子，古澤不下一百九的壯碩身體瑟縮成一團，全無以往縱橫黑白兩道的豪氣和凶狠。

在兩個月前，這名神祕男子突然出現在古澤的眼前，要求古澤必須奉他為主……那時的古澤只當是一個笑話，還拿男子那張長得比女人還漂亮的臉蛋做文章，可是男子所說的「笑話」，在短短的十分鐘後，演變成了事實。

十分鐘。短短的十分鐘，上百名組員全成了支離破碎的屍體，滿地鮮血成河。

男子就站在一片血泊中，緩緩彎下腰，硬生生地扭下一顆頭顱，笑著丟到古澤的腳下。

那時候古澤除了跌坐在地上顫顫發抖，再也做不出其他的反應。

「古澤，你的交易對象給你發來最後通牒了嗎？」

古澤回過神來，連忙點頭。

男子沉吟片刻，問道：「像這種情形，你一般會怎麼做？」

聽男子這麼一問，古澤實在很想破口大罵，信、義這兩個字向來是行走道上的原則，私吞貨物這種事情他從來沒幹過，又哪裡來的「一般會怎麼做」？

見古澤久久不語，男子笑了起來，一臉戲謔地說道：「是了，我都忘記你在道上享有的好名聲了。不過再怎麼樣，黑的終歸是黑的，有再好的名聲都沒有用，你做的都是對一般人來說非常不對的事情，我只是幫你打破你那一層無謂的虛偽，你得對我心懷感激，知道嗎？」

「……是，謝謝主人。」

挨打不能還手，甚至還得道謝，古澤沉著臉，心裡是又氣又怨又無奈，但每次想反抗時，他就會忍不住回想起那地獄般的景象……一剎那間的百轉千迴，想反抗的心思就這樣如風吹殘燭似地熄滅了。

男子眼中帶著興味地觀察古澤如京劇般的變臉了好一會，開口笑道：「既然這樣，就照一般人的行為模式去做出對應好了。」

「一般人的行為模式？」

男子很是開心地笑道：「做錯事感到心虛，趕緊找個足以安心的地方躲起來，直到事主找上門，躲無可躲為止。」

古澤愕然道：「您、您的意思該不會是……」

男子雙手交十，自然地垂放在疊起的膝蓋上，清冽淡然的眼瞳像是精雕細琢的水晶一般，美得令人驚心動魄。

「讓一群忠心的手下送死，好過讓你自己送死，一般人大多都是這種想法吧？古澤，你說我說得對嗎？」

銀座，全世界地價最昂貴的前五大地區之一，是東京的行政區，同時也是一個高級商業區，就宛如紐約的華爾街、倫敦的麗晶大道，或者是巴黎的香榭里舍大道。有能力在銀座消費，就代表了一種身分。

在白天，民眾在手上有些閒錢時，喜愛來銀座的高級百貨、精品店，好好敗家一番；而一到夜晚，銀座是奢侈而繁華的。酒店、餐廳之類的地方越晚越熱鬧，銀座彷彿化身成為金錢與權力的泥沼，讓許多人深陷其中，不可自拔。

銀座，便是屬於夜晚的東京魔窟。

「去、去、去！小鬼，今天本店不開放營業，就算營業也不是你們這群小鬼可以來的地方，你們要玩去別的地方玩，不要在這裡擋路！」

以往美艷的公關小姐沒了，只剩一群彪形大漢頗具氣勢地站在酒店前，擋住四名看似想要進店的少年，叫人驚訝的是其中有一名相當漂亮的女孩，也不曉得跟另外三名少年是想進店做什麼。

換作其他日子，這群彪形大漢可能會以為這女孩是被另外三名少年騙來賣的，進而說一些齷齪言語刺激這漂亮的女孩。

不過，今天不同。

老大居然下令所有人戒備，說是有棘手的人物會來砸場子……敢砸古澤老大的場子？全關東哪個組有這個膽子？

組員們心裡疑惑，但看到古澤那副戒慎謹慎，嚴陣以待的模樣，誰也不敢大意。

「都說叫你們滾蛋了，還賴在這裡做什麼！」

彪形大漢的領頭憤怒地咆哮，碩大的拳頭虎虎生風地轟向身穿立領制服的少年。大漢噬血地舔了舔嘴角，他已經想像得到當拳頭轟在少年臉上時，可以聽到鼻骨斷裂的清脆聲響。

泉野隆一的眉毛挑也不挑，抬手便準確地握住大漢的拳頭，冷著聲說道：「第一個。」

語落的同時，泉野隆一反手一扭，只見大漢龐大的身軀居然隨之在半空翻滾了一圈，重重地跌在地上，整條手臂扭曲成詭異的形狀。

大漢發出淒厲的慘叫，按著扭曲的手臂在地上不住翻滾。

「混帳！這群小鬼是來砸場的！」

數名大漢吆喝一聲，門內頓時又衝出一群凶神惡煞，滿身殺氣地衝向白修宇等人。

「不怕你們來，就怕你們不來！」

李政瑜用流利的日語說了這麼一句，率先衝了出去，加上助跑的左右金臂勾將兩名大漢以三百六十度狠狠打翻，又藉勢在地上翻了一滾，電光石火間躲過數把朝他砍下的西瓜刀。

「哈，一箭雙鵰！隆一，你偷跑有什麼用？我兩個了！啊、第三個！」

李政瑜宛如猛虎出柙，在手持凶器的大漢群裡暢行無阻。泉野隆一冷冷哼了一聲，隨即也加入戰場。

泉野隆一一加入，大漢們倒下的速度更是加快了一倍，兩個人每一舉手投足，都有一名大漢隨之哀嚎倒下。

任誰也無法想像，這兩名稚齡少年竟然擁有如此強悍的實力，將一群凶神惡煞玩弄在股掌之間，所到之處無可匹敵。

周遭往來的人們一見這裡出事，立刻遠遠避開，躲在遠處看著熱鬧。

黑虎會在東京是非常有名的黑道組織，會長古澤更是黑白兩道通吃，誰也不敢不給他面子，現在居然有人敢來砸他的場子，而且還是四名年紀輕輕的少年少女，這種「熱鬧」真可說是十年難得一見，走過路過絕對不能錯過。

幾名落單的大漢見李政瑜和泉野隆一下手都是快、狠、準，直擊人體弱點，不是隨隨便便就能拿下來的軟柿子，便把主意打到了站在後方觀戰的白修宇和楊雪臻身上。

在這群大漢的眼中，白修宇渾然一個文質彬彬的學生模樣，而楊雪臻那纖細白皙的胳膊似乎輕輕一碰都會碰傷，完全沒有威脅性可言。

縱然發現到一群一臉猙獰的大漢接近，白修宇平淡冷靜的神態依舊，只是以眼角餘光瞥了瞥楊雪臻。

明白白修宇視線的意思，楊雪臻微揚的右手掌心一亮，雙腳猛地發力向那群大漢衝去！

楊雪臻的左手同時併攏形成手刀的形狀，在只剩下那群大漢兩公尺不到的距離時腳下一點，如蝶飛舞般的身體輕盈躍起，手刀陰損地刺中一頭當先的大漢後，楊雪臻緊接著腳下一個迴旋換位，散發淑女氣息的百褶裙輕輕揚起，另一名大漢只覺得握著刀柄的手指一熱，待他回過神來時，五根手指已經少了三根。

在一片慘叫與哀嚎中，白修宇閒庭信步地走到路旁栽種的花卉邊坐下，竟是逕自閉目養神了起來。

「主人，您不出手嗎？」黑帝斯的聲音在耳邊響起。

「沒有必要。」

四周沒有別人，因此白修宇倒也不怕被當成自言自語的瘋子，張動嘴唇和黑帝斯交談。

「主人，我計算過了，如果您在『同步』的狀態下親自動手，可以在五分鐘內將這群人打傷到無法自由行動。或者主人想節省時間的話，也可以考慮在三分鐘內將這群人全部殺光。」

「……黑帝斯，你可以安靜一點嗎？想怎麼做，我自己會決定，不需要你給我選擇的空間。」白修宇強硬的說。

「謹遵您的命令。」

黑帝斯回了聽似恭敬的這一句話，便不再發出聲音，還給白修宇一片寧靜的空間。

長久以來的教育，早已令白修宇的雙手染滿了鮮血，對於眼前的這群大漢不會有什麼心慈手軟的想法，白修宇不殺他們的原因很簡單——麻煩。後續的處理，會變得相當麻煩。

古澤的這間酒店位在繁華的銀座，周遭又聚集了一堆看熱鬧的人潮，要是在大庭廣眾下出了人命，即使泉野隆一的家族和警方高層有多好的關係也很難妥善解決。

不過換一個方式來說，只要不出人命，基本上可以隨便白修宇處理。

所以他的決定就是，既然不方便殺人立威，給泉野家族添麻煩，那就使出雷霆手段，有多重打多重，讓那群流氓看到自己同伴的慘狀。

這個方法雖然不如殺人來得快，也是能慢慢收到成效。

泉野隆一的一記前踢，將一名大漢的下顎擊碎，在令人牙酸的骨碎聲中高高飛了出去，戰鬥終於結束。

這是最後一個了，放眼望去，滿地都是趴在地上哀嚎的黑虎會壯漢，幾個僥倖受到輕傷的組員皆嚇得面無人色，驚慌失措地跑回酒店內，在他們眼裡看來白修宇等人再也不是什麼小毛頭，而是有著三頭六臂的可怕人物。

「第二十一個。」

李政瑜不甘心地抓亂著頭髮，跳腳道：「啊！可惡！太過分了，那傢伙是我先看上的，你怎麼可以搶走！」

泉野隆一說道：「你看上也沒用，先搶先贏。」

「李同學，現在戰績十九比二十一，呵呵，你略輸一籌喔。」

雖然也看泉野隆一不順眼，但是現在不把握機會打一下李政瑜這隻落水狗，楊雪臻的名字就可以倒過來寫了。

「你、你們兩個！」

「好了，不用吵，比試還沒有結束，裡頭還有的是人。」白修宇淡淡說著，提步往酒店內走去。

李政瑜朝泉野隆一比了一記國際通用的問候手勢，三步併作兩步地跑到白修宇前頭，敲了敲厚重的大門。

「鐵的，只是外面貼了一層木紋，至少有十公分以上的厚度。修宇，你ＯＫ嗎？」對於這道鐵門，李政瑜很有自知之明的知道不是自己能解決的，但對「同步」狀態的白修宇而言，應該不是什麼難事。

「我想沒有問題。」

白修宇示意李政瑜站到他的身後，重重的一拳轟在大門上。

除了沒有火力強大的砲彈，在「同步」狀態中的白修宇已經可以說是一輛人形坦克車了，那重重的一拳將酒店大門整個打成了「く」字形狀，門軸偏了，門旁甚至還露出不小的空隙，自然不再具備阻擋的功用。

一群在外圍看熱鬧的人，還有在地上掙扎哀嚎的黑虎會成員頓時全呆了，十公分有餘的厚重鐵門在白修宇的手中，跟泥捏的玩具沒兩樣……

這還算是人嗎？

但負傷的黑虎會成員卻也不由得暗暗慶幸了起來，幸好這人間凶器剛才沒有動手，不然哪怕是他隨便揮一揮手掌，也夠叫人吃不了兜著走了。

李政瑜可不管白修宇的這一拳有多驚世駭俗，一見有了空隙，心繫比試的他立刻和白修宇擦肩而過，一馬當先地衝進酒店。

白修宇還以為李政瑜一進去就是要大展拳腳，好追過泉野隆一，可沒想到裡面居然是一片靜悄悄，沒有半點聲響傳來。

有問題。

外頭的三人相當有默契地對看一眼，提起萬分警戒，小心翼翼地從門縫走了進去。

一進入酒店，內中的場景讓白修宇為之一愣。

先前逃跑回來的黑虎會組員全成了屍體，毫無生氣地躺在地上，可以清楚地看到致命傷是脖頸處，被用非常銳利的利器劃開。而且從這群大漢逃進來被殺前都來不及發出一點動靜來看，顯然是在極短的時間內完成。

政瑜呢？白修宇心中一緊，四處環視，他在左前方看到了神色謹慎中帶著些微慌亂的李政瑜。

視線移動，他再往前看去，看見了他們此行的目標——古澤。

今年已經三十七歲的古澤身材依舊如熊一般的壯碩，但比起兩年前白修宇見到他時的模樣，現在古澤的頭上增添不少白髮，精神似乎也不太好，因此顯得比實際年齡還來得蒼老。

在古澤的身邊站著一名年輕男子，柳眉彎彎、眼波盈盈、小巧的口鼻、纖細的身形以及雪軟白凝的肌膚……要不是看到那男子的喉結和平板的胸部，白修宇還真會把那男子誤認為女人，一名非常漂亮的女人。

「主人，那是機械人形！」

白修宇聞言一驚，照這樣說來，古澤不就是這個機械人形的主人了？

瞬間，白修宇認為這是一個針對他而設的陷阱，很快地這個想法又被打消，原因無他，古澤私吞貨物有一個月了，而白修宇卻是在這兩天才成為黑帝斯的主人，古澤再厲害，也不可能厲害到未卜先知，設計將他騙來日本。

「政瑜，你沒事吧？」

李政瑜搖頭說道：「沒事……我一進來，那個人妖對我笑了笑，居然用中文問我是『攻擊』還是『防禦』……」

一進來就看到那些人的屍體，然後又聽到自己另一種身分被揭露，李政瑜先是腦袋一片混亂，接著迷茫的眼神逐漸清晰，這時的他用膝蓋猜也猜得出來眼前的人妖不是主人，就是機械人形了，頓時不敢輕舉妄動。

李政瑜自認自己很強，不過他再強，也都屬於人類的範疇之內，機械人形或是「同步」狀態中的主人那可就超越人類範疇，絕對不是他可以應付的。

那個製造得比女人還要美麗的機械人形嘴角一勾，笑道：「本來只是想和事主稍微談談吞貨的事情而已，沒想到事主居然是主人啊……呵，我的運氣真好。」

機械人形微微一笑，剎那間身形從白修宇的眼前消失。

白修宇還來不及訝異，心神一動，竟是黑帝斯再度自行解除同步。

黑帝斯一出現，便是右手一指，一道閃著燦燦藍芒的電光從他的指尖射出，朝白修宇的一點鐘方向射去！

轟的一聲，原本消失的機械人形似乎被那道電光擊中，因此不得不現出身影，白修宇還可以依稀看見幾道電花在那具機械人形的周身遊竄。

白修宇一直以為機械人只有物理攻擊（防禦）能力而已，沒想到黑帝斯還有這種攻擊方式，不由得心中訝然，面上卻沒有透出一絲異色。

黑帝斯收起慣有的輕蔑笑容，面沉似水地說道：「你在做什麼？只有主人與主人間的戰鬥才符合規則！」

機械人形渾身微微一震，繚繞它周身的電流被震飛四濺，幾縷電花恰巧落到旁邊的屍體身上，那具屍體立即激烈地抽搐起來。

「規則也只是這樣規定，並沒有說不可以由機械人形攻擊主人，頂多是無論結果如何，戰鬥都不成立而已。」

黑帝斯冷聲說道：「不成立的戰鬥即使你勝利了，也沒有任何意義可言。」

「這麼簡單的事情我當然知道啊。」機械人形聳了聳肩膀，看著黑帝斯的眼神就像在看一個傻子。

對性格高傲的黑帝斯來說，那具機械人形看他的眼神簡直就是一種侮辱，他的臉上不禁浮現少許的慍色。

「那你剛剛想要偷襲我的主人，又是什麼意思？」黑帝斯的話問得很重。

那具機械人形渾然不在意地笑道：「殺了他啊！戰鬥雖然不成立，不過也沒有規定說不可以這樣做吧？反正我的主人不會在意這種小事情。」

黑帝斯一雙漆黑的眼眸急速掠過寒光，雙手合十，接著緩緩拉開，一條手臂粗的電柱在他的十指之間不斷流動。

「主人，機械人形的戰鬥和『同步』截然不同，請您務必保護好自己的安全，我不希望等我勝利回來以後發現您的屍體。」

黑帝斯的囑咐還是帶著一貫瞧不起人的風格，但白修宇也不會和他計較，尤其是在這個時候。

白修宇一直認為規則是不可違逆的，這的確是事實，但那具機械人形卻點醒了他，規則就像法律一樣，只要有心，也可以鑽其漏洞，雖然他不曉得這漏洞是那位君王有意或者無意所設下——以那位君王的聰明和變態程度來看，白修宇估計前者比較有可能。

那具機械人形看著黑帝斯掌心間流動的電光笑了笑，併起雙指輕輕一震，一條炫麗燦爛的火焰鎖鍊毫無滯礙地掃過幾個沙發，乾脆俐落地將它們分成兩截，熊熊熱焰又從斷口處冒出，轉瞬間燒成了灰燼。

「喂，你叫什麼名字?上次那個被打敗的機械人形，我都還來不及問他的名字呢……我是阿波羅，我的主人說這個名字很適合我。」

阿波羅，希臘神話中的太陽之神，眾神之中最多才多藝，也是最俊美出眾的神祇。想至此，白修宇心中很不合時宜地油然而生一個感慨——

先不管適不適合，就取名字的造詣來說，阿波羅的主人明顯比自己多了那麼一點水準，他當初想來想去，就想出了裸男和小黑這兩個搬不上檯面的名字。

「黑帝斯。」

語落，黑帝斯雙手間的電流化為掌上的兩顆電球，轉眼朝阿波羅飛奔而去，在阿波羅的身上爆炸開來!

巨大的電擊力道將阿波羅一直線的往後炸飛，直到撞破牆壁跌落在驚叫的人群當中。

煙塵滾滾中，阿波羅若無其事的爬了起來，身上雖然沾滿不少塵土，但除此以外一點也沒有被電球擊中過的樣子。

「看來你很不錯呢，雖然很沒有禮貌，一句招呼也沒有就開打……我討厭沒有禮貌的人，所以我現在應該生氣才對，按照一般人類的想法，生氣的時候理所當然的可以遷怒。」

阿波羅眼中跳動著非人的銀色光芒，他伸指一劃，消失的火焰鎖鍊再次出現，一分為二，二分為四，只見四道爆起細小火花的鎖鍊在他的身後舞動。

火鍊舞動，一條火舌閃電般的在人群中一掃，無數聲慘嚎響起，阿波羅周遭的人群無一倖免地成了人形火柱，在地上痛苦掙扎了好一陣子後，皆成了散發刺鼻焦臭味的焦炭。

僥倖沒被捲入火舌的倖免者們驚恐的大叫了起來，連滾帶爬的有多遠跑多遠，深怕慢個一秒，那美麗的死神就會揮下鐮刀，取走他們的性命。

眼見阿波羅擁有大範圍的殺傷力量，白修宇的瞳孔驟然縮小，「黑帝斯，你們的戰鬥必須盡可能的遠離這裡，我也非常不想你回來的時候看見我的屍體。」

「瞭解。」

黑帝斯腳底一蹬，身形飄然向阿波羅撲去！

阿波羅身後的火鍊迸射而出，直直地往黑帝斯襲去。黑帝斯不躲不避，身前一道藍色亮弧乍起凝聚，形成一面懸空飄浮的護盾。

當兩條火鍊和藍色護盾破撞上時，護盾迸出一團強芒，電芒竄出緊緊束縛住率先襲來的兩條火鍊，令其動彈不得。

阿波羅手腕一擰，原本也要衝上護盾的最後兩條火鍊剎那間一個反轉，越過護盾，聲勢凌厲地捲上黑帝斯的身體！

機械人形化出的外衣擁有極高的防禦能力，這一點從剛才被電球擊飛出去卻無大礙的阿波羅身上便看得出來，可是沒有被外衣包裹住的部分就不一樣了，黑帝斯的頭部跟兩手在高熱的火鍊下，皮膚和血液瞬間燃燒殆盡，顯露出看似透明，其中卻流轉著點點紅光的機械骨骼。

護盾藍光一個閃沒，黑帝斯的身體啪啦作響地蜿蜒出數道電流，有生命似地一道又一道纏上制住黑帝斯行動的火鍊，下一瞬，竟然生生地將火鍊分割開來！

被分割成好幾段的火鍊不住跳動出細小火舌，像是想要重新將火鍊連接，但斷口處的電流卻硬是阻擋住了它們的連結。

黑帝斯縱身往上一跳，在虛空中他右掌一揮，數十顆直徑不到五公分的小電球劃破風聲，四面八方地轟然砸向阿波羅！

第一次被電球擊中時，阿波羅雖是沒有受到什麼傷害，卻也明白那只是黑帝斯用來試探他力量的攻擊而已，所以如果因此小看這一次的攻擊，那就算報廢真的也只能恥笑自己為何會如此愚蠢了。

阿波羅鬆開緊握火鍊的手，輕喝一聲，周圍的虛空一陣波動，炙熱的火焰霎時從他的腳底湧出，將他整個人包裹了起來。

那數十顆小電球一接觸到火焰，便爆起了一圈又一圈的細碎火花，緊接著電球竟不得再進方寸，硬生生地被卡在火焰之中。

黑帝斯冷凝著眼，單手一個抬起平舉，骨節分明的五根手指宛如彈奏鋼琴般地輕輕躍動。隨著手指的躍動，原本被困在火焰中進退不得的數十顆小電球驀地同時急速轉動了起來，一寸寸的慢慢穿進火焰。

感覺到電球逐漸逼近，阿波羅右腳腳跟一蹬，周身的火光越發燦爛，小電球的轉動也隨之緩慢下來。

黑帝斯冷哼一聲，五根手指張開大大地一震，數十顆急速轉動的小電球轉瞬貫穿火焰，毫無遺漏地全部擊中了阿波羅！

阿波羅的火焰雖然具有千度以上的高溫，卻不像雷電一樣有著傳導能力，強大的電流在剎那間傳遍阿波羅的全身，空氣中隱隱瀰漫刺鼻的焦糊臭味。

火焰熄滅，現出了阿波羅狼狽的身影，阿波羅裸露在衣服外頭的部分也跟黑帝斯一樣，只剩下黏著幾塊焦肉和枯髮的機械骨骼，甚至可以明顯看到衣服的某些地方變得鬆鬆垮垮，想必是強大的電流將衣服底下的皮膚給灼毀了。

「你！」

阿波羅頭顱中的電眼跳動著象徵憤怒的紅光，從認主到現在，他還是第一次遭受如此嚴重的傷害。

雖然只剩下機械骨骼，但從黑帝斯的五官位置上，還是能感覺出他做出一抹生動的輕蔑笑容。

「同樣都是戰鬥類型的機械人形，但是我的雷電比你的火焰更具有優勢，如果你的攻擊技巧只有這種程度的話，只要你跪下來向我屈服，我可以考慮放過你一次。」

阿波羅不悅地癟起了嘴唇，像個鬧彆扭的小孩般地說道：「你的性格真差勁，我想你的主人一定不喜歡你吧。不管是在以前還是現在的這個空間，機械人形都是為了主人才存在的……真是可憐呢，被主人厭惡的機械人形，還有什麼存在的意義？」

黑帝斯冷笑道：「我的存在不需要主人來賦予，我存在，就只因為我想要存在，所以我賦予『我』存在的意義。」

「當你的主人真是不幸。」

「謝謝。這句話我的主人也說過很多次了。」黑帝斯有禮地含笑道謝著，只是與其說他是在道謝，不如說他是在挑釁更為貼切。

阿波羅皺著眉頭說：「我果然很討厭像你這種性格差勁的機械人形。」

才說完最後一個字，阿波羅宛如閃電似地竄向黑帝斯，蓄勢待發的拳頭布滿著凶猛熾熱的火焰！

黑帝斯的視線冷冷捕捉著阿波羅逼近的身影，那自然垂放身體兩側的機械手臂，也同樣布滿了劈啪作響的電流。

——火與電的交錯，只在剎那之間。

DEAD GAME 0109

朋　友　·　敵　人

另一方面，在黑帝斯和阿波羅的戰鬥開始後不久，酒店內，白修宇冷冷注視著一臉蒼白的古澤。

從古澤的神情舉止中，白修宇完全推翻了古澤是阿波羅主人的想法，因為古澤看著阿波羅的眼中充滿著深深的恐懼。

當然了，這並非白修宇推翻古澤是主人的唯一論證，畢竟每具機械人形的性格都不盡相同，說不定阿波羅恰好就是屬於喜歡虐待主人的那一型……

白修宇之所以認為古澤不是主人，主要是當古澤看到黑帝斯解除同步出現時，臉上浮現了難以置信的驚愕。

既然古澤不是主人，那麼阿波羅的主人到底是誰？

心思急轉間，雖然白修宇腦中靈光一現，在黑帝斯解除「同步」時，有一個他覺得怪異，卻一直說不出來的地方……

「古澤先生，關於這次的貨物，能請你給我一個交代嗎？」白修宇以日語問道。

古澤的嘴唇動了幾動，發出了微弱的聲音。

「我、我不知道……」

「古澤先生，『不知道』這三個字無法推卸你應該背負起的責任。」白修宇瞇起一雙細長的眼眸，冷冷問道：「這樣好了，我們不如換另一個問題吧。白先生的貨現在在誰的手上？」

「貨全被那個怪物帶走了。」古澤不安地滾動喉頭，吞了一口口水，一臉慌亂地對白修宇懇求道：「白少爺，請你相信我，我絕對沒有吞白先生的貨！那、那個怪物有一天突然出現在我的面前，徒手殺了我一百多個手下……」

古澤低下頭，十指用力地揪緊頭髮，渾身不住發抖。

「太可怕了……太可怕了！他就那樣輕輕鬆鬆的把一個人撕成兩半……我們一群人瘋狂的開槍，可是他還是一點事情都沒有……他居然帶著笑，一個一個把我的手下撕碎！」

那慘不忍睹的恐怖景象至今還清晰地烙印在古澤的記憶中——整個地面都是鮮紅的血液、支離破碎的屍體、柔軟溫熱的器官……每次一想起來那幅景象，古澤就忍不住隱隱作嘔。

白修宇眉頭深鎖，問道：「和你接觸的除了阿波羅，就是那個怪物以外，還有其他人嗎？」

古澤連忙搖頭，深怕白修宇不相信他的話。

「沒有！只有那個怪物而已！那個怪物還變態到要我叫他為主人……白少爺，請你相信我，我絕對不會做出私吞貨這種事情，貨全都是那個怪物帶走的！」

當古澤在說到「變態到要我叫他主人」這句話時，白修宇眼角一個不自然的抽搐，李政瑜和楊雪臻兩人臉上則出現了想笑卻又得拼命忍住笑的古怪表情，泉野隆一則是看了看白修宇，又看了看李、楊兩人，露出了困惑不解的目光。

沉溺在恐懼當中的古澤自然沒有注意到這四個人的表情變化，逕自繼續吞吞吐吐地說道：「我不敢不聽他的話……他居然查到我妻子、女兒居住的地方，把她們母女倆帶走了……說我、說我如果敢不配合他，他就會讓我看到她們的屍體——」

古澤還沒解釋完，卻被白修宇中途打斷。只聽白修宇冷冷說道：「古澤先生，你所說的這些事情和白先生的貨物並沒有任何關係，你既然答應了白先生的交易，不管發生什麼事情你都必須把白先生的貨交出來，我想這是最基本的誠信問題。」

「我不是不想交貨，可、可是——」

白修宇雙眼一凝，再次冷冷地打斷古澤的解釋，「沒有可是、沒有理由、更沒有辯解。古澤先生，你被威脅，親人被綁走，這都是你私人的問題，不該牽扯上白先生的貨。」

眼見白修宇如此咄咄逼人，再加上剛才黑帝斯出現的那一幕，以及黑帝斯不下於阿波羅的震撼力量，古澤既是恐懼又是害怕，幾近絕望的視線無意間轉到泉野隆一的身上，只見古澤的眼中突然迸射出光芒，好似溺水者抓到了最後一根稻草般。

「泉野少主！你是泉野家的少主對吧？泉野少主，我也和你們家族做過許多次的生意，請你幫我向白少爺說情，這真的不是我的錯！都是那個怪物逼我那麼做的！」

泉野隆一沉吟了好一會，在古澤期盼的目光下，緩緩開了口：「非常抱歉，古澤先生，我無法幫上你的忙，關於這件事我沒有任何立場發言，畢竟當事者不是我。」

沒有想到緊握手中的竟是壓死駱駝的最後一根稻草，古澤的雙眼瞬間瞪大，渾身抖顫，他蠕動著完全不見一絲血色的嘴唇說道：「是嗎？你們就是這樣打算嗎？明明知道我被人威脅，卻還是要我擔起全部的責任……白少爺，你真不愧是白先生的兒子，連這種毫不留情的地方都一模一樣……哈……哈哈哈哈……你們不讓我活，那也別想我讓你們好過！」

語落，五官扭曲的古澤一個狠狠咬牙，剎那間，他迅速從懷裡掏出一把手槍，想也不想地朝白修宇的方向扣下扳機！

就在古澤扣下扳機之際，楊雪臻美目一凝，腳步轉瞬已是移到白修宇的身前。

「砰！」

一聲槍響，在刺鼻的硝煙味裡，古澤預想中鮮血四溢的場面並沒有出現，更令古澤無法置信的，是在電光石火間移到白修宇身前的楊雪臻，竟以手中匕首的刀柄，硬生生地擋住了子彈！

「怎麼可——」

古澤驚愕的話語戛然而止，不知何時李政瑜悄然無聲地來到古澤身旁，冰冷的刀刃抵住了他的脖子。

李政瑜一個挑眉，笑道：「什麼怎麼可能？哼哼，真是少見多怪，沒見識啊你。對這位酷斯拉(註)小姐來說，別說用刀柄擋子彈了，就算要她用臉皮擋原子彈也是易如反掌的事情。」

楊雪臻將卡在刀柄上的彈殼拔下，隱隱額露青筋，也用日語說道：「李政瑜，用臉皮擋原子彈這種事只有你才做得到吧？」

李政瑜一臉輕佻地聳了聳肩膀，「楊同學，妳剛剛的話太謙虛了，要論到臉皮的厚度，我是拍馬也趕不上妳的。」

「政瑜，比起激怒雪臻，我想你現在應該專心在你的手上。」

被白修宇警告，李政瑜故作俏皮地吐了吐舌頭，視線一轉，看向簌簌發抖的古澤時，他的面容驀地一冷。

「好吧，古澤，我是個好人，本來我還多少有那麼一點點的同情你……不過，算了，反正同不同情，對你來說也無所謂了。」

古澤的兩眼驚駭地瞪大，「等、等一——」

「沒什麼好等的了。」

李政瑜說著，冰冷的刀刃狠狠劃過脆弱的皮膚，只見古澤的脖子浮現出一條紅線，下一瞬，炙熱的鮮血噴灑而出。

長度有限的刀身無法將脖子一刀兩斷，李政瑜從背後抓住古澤的頭髮，面無表情的注視著那道噴泉般的鮮血逐漸變少後，手中的刀刃再度用力一劃，將古澤的頭顱完全砍下。

眼前這血腥的一幕，讓楊雪臻的臉色變得非常難看，李政瑜眼尖地沒有錯漏過楊雪臻任何一絲的表情變化。

「唉啊，楊同學，妳的臉好白啊，看起來一副快要暈倒的樣子。」

楊雪臻強忍住想要嘔吐的慾望，說道：「你就不能採取比較斯文一點的方式嗎？」

「當然——不行！」李政瑜露出一張大大的笑臉，非常乾脆俐落地說道：「哼哼，這可是白先生要的『交代』，要是沒把這個帶回去，我們這趟日本就算白來了。我說楊同學，別告訴我說妳暈血，我和修宇都是割開對方的喉嚨，差只差在上次修宇沒把頭割下來而已，妳的反應有必要這麼大嗎？」

楊雪臻想也不想，立刻鄭重地搖頭反駁道：「不，差很多。就算讓修宇做和你同樣的事情，由修宇做起來一定也都會帶著一種詭異又淒豔的美感，就像藝術品一樣。可是換成你的話……」

楊雪臻說到這裡，看了李政瑜一眼，突然搖頭嘆息了起來，當下氣得李政瑜哇哇大叫。

這時，卻聽白修宇輕輕地喚了一聲，「雪臻。」

楊雪臻全身一顫，宛如一股電流急速竄過。白修宇的這一聲呼喚，雖然聲音聽起來一如以往的平穩淡漠，卻又覺得低沉了些，竟是帶著難以形容的吸引力。

雖然白修宇的聲音原本就很好聽，但是當他認真的時候，聲音更會帶上一種叫人全身發麻的磁性。

白修宇似乎沒發現到楊雪臻的異狀，頓了頓，像思考了一下內容，才繼續開口說道：「雪臻，在之前的那件事裡，妳表現得很冷靜，可是我看得出來，妳的冷靜，包括現在，都只是勉強妳自己硬撐出來的。雖然伯父指導過妳許多戰鬥技巧，但妳的生長環境和我們不同。」

「我和政瑜的手上不曉得已經染過多少人的血了……對我們來說，殺人就像呼吸一樣的自然。殺一個人有很多種方式，不管是讓那個人痛苦的死去，還是平靜的死去，最後都是相同的結果。至於殺人的過程和手法，都只是殺人者為了減輕自己的內疚和心理負擔的美麗藉口而已。」

——殺人，其實是一件很簡單的事情，困難的是當你殺了人之後，你的精神是否承擔得起你殺了人的事實。

承擔不起的人，即使沒有受到法律制裁，終歸面臨自我毀滅。

從那性感迷人的嗓音中回神過來後，楊雪臻沉默了好一會，終於抬起頭來，眼中充滿絕不後退的決心。

「我明白你想對我表達的意思。確實，我從來沒有殺過人，可是為了你，我會毫不猶豫地剷除所有阻礙你的人，無論必須使用多麼殘酷的手段。」

聞言，白修宇的嘴角勾起，露出一抹滿意的笑容。

楊雪臻就是這樣一個聰明的女人，她不會妄想改變白修宇的觀念，因為她知道她在白修宇的心中雖然佔有一席之位，但還不到讓白修宇願意為她改變的地步。

既然白修宇不會為了她而改變，那就由她為了白修宇而改變自己。

哪怕從今以後她會因為殺人而感到恐懼害怕或者內疚自責，也會繼續行走在滿是血腥的道路上。

白修宇向泉野隆一問道：「隆一，帶著古澤的頭我們不方便出境，可以麻煩你幫我處理嗎？」

「沒有問題。」

泉野隆一想也不想地點頭，伸手就要接過李政瑜遞來的頭顱時，敏銳地察覺到李政瑜眼中一閃而逝的寒光。

——不對勁！

泉野隆一剛生出這個念頭，只是一瞬間的事，李政瑜的刀尖便已風馳電掣地抵住了他的胸口！

「李政瑜，你這是什麼意思？」泉野隆一看了看那直直抵在心臟處的刀尖，再抬起頭時，他的臉上浮現隱隱的怒意。

李政瑜咧嘴一笑，「抱歉了，愛哭鬼，這不是我的意思，是修宇的意思。」

泉野隆一不由得怔然，錯愕地望向一臉平靜的白修宇。

白修宇沒有解釋，卻是轉移了話題，問道：「隆一，你還記得我們第一次見面時的情景嗎？」

泉野隆一不明白他的用意，只好依言回答：「記得。是李政瑜的姊姊把你帶來的……我還記得很清楚，那時候你明明是和我同樣年紀，可是卻比我瘦小很多很多……全身都是傷，有些被繃帶包住的傷口還滲出血跡……」

0100101011001 1001100111

他的印象非常、非常地深刻。

那小小的身體似乎沒有一處完好，但那小小身體的主人，視線卻仍筆直的望著他看，淡漠的神情就好像那些傷痕從不存在一樣。

在那一天，櫻花紛飛的那一天，泉野隆一第一次理解所謂的「震撼」，是一種什麼樣的感覺。

白修宇的視線望著不知名方向，突然輕輕地笑了起來，「真是懷念啊……那一段時間除了政瑜，就是你一直陪在我的身邊了。那時候我不只不敢吃肉，連看到肉都會忍不住吐出來，你們就陪我一起吃素，絕對不讓肉類出現在我的視線範圍內。當我晚上尖叫著醒過來的時候，也是你們第一時間跑過來，後來甚至乾脆和我住在一起……隆一，你和政瑜對我都有很特別的意義，比朋友、比兄弟更加重要。」

「你對我的意義也是一樣。」泉野隆一說道。

白修宇閉起雙眼，深深地吸了一口氣，然後慢慢吐出……過了一世紀之久般的時間，終於，白修宇睜開眼，一瞬也不移地凝視著泉野隆一。

「隆一，告訴我……你是助手，還是主人？」

李政瑜和楊雪臻心中一震，驚訝地瞪大了眼，幾乎同時看向泉野隆一。

泉野隆一一愣，隨即面色有些苦澀地說道：「果然瞞不過你……你是什麼時候發現的？」

「就在剛才。」白修宇說道：「剛才黑帝斯解除『同步』時，你明明看到了，臉上的表情卻很正常……就像這是一件理所當然的事情。雖然我很不願意，也不得不判斷你不是助手就是主人的結論。」

「原來如此。」

泉野隆一發出一聲低低嘆息，「當時你說黑帝斯在你的附近，只是隱藏得很好，我就懷疑黑帝斯是機械人形，而你是他的主人了。你可能不知道，為了保護你的安全，就算只是臨時住所，我也派人重重的保護了起來……」

「在看到你一拳打爛那道鐵門後，我便完全肯定你主人的身分。所以當我看到黑帝斯解除『同步』出現時，我才會一點也不訝異，也忘記我必須『訝異』了。」

白修宇神情淡定到令人側目，「隆一，不要再多說了……回答我，你是助手，還是主人？」

泉野隆一微微低垂的眼中，急速閃過一絲痛楚，抿緊的嘴唇，萬分艱難地緩緩張動，「我是主人。阿波羅的……主人。」

聽到泉野隆一的這句話，白修宇的臉色幾不可見的微微發白——明明早在推測出泉野隆一是主人後，白修宇就有了心理準備，不過在泉野隆一親口承認時，他的情緒仍是不可避免地動搖。

只要白修宇願意，他可以用圓滑的手腕輕鬆的周遊在眾人之間，讓每個人都將他當成推心置腹的朋友，可是對白修宇來說，他真正當作兄弟摯友的，就只有李政瑜和泉野隆一。

但，泉野隆一背叛了他。至少白修宇是如此認為的。

泉野隆一在之前便已經知道白修宇也是一名主人，卻一直保持著沉默，甚至在阿波羅對白修宇出手時，依然沒有開口制止……也或許，阿波羅之所以會這麼做，就是出於泉野隆一的授意。

白修宇癡立在地，周圍的景象漸漸渺遠，他凝視著泉野隆一，千言萬語哽在喉頭，只有全身忍不住發冷似地顫抖。

白修宇頓失血色的臉龐讓李政瑜只覺得一股怒火從腳底猛地竄上腦際，下一瞬間，他的拳頭已是狠狠揍向泉野隆一，甚至還從「快取」中取出手槍對準泉野隆一。

「政瑜！」

白修宇想也不想，立刻擋在泉野隆一的身前。

「修宇你讓開，我要打死這個混帳！他明明知道你有多麼的信任他——」李政瑜雙眼充滿憤怒的血絲，死死瞪著泉野隆一不放。

泉野隆一隨手擦去嘴邊的血跡，一雙眼像是不甘示弱般，同樣也死死瞪著李政瑜，說道：「不管你相不相信，我確實沒有想要害修宇的意思！」

李政瑜吼道：「你不要說那具機械人做的事情和你一點關係都沒有！」

泉野隆一全身一震，咬牙點頭道：「沒錯，我無法否認……我當初思慮不周，是我沒有想到阿波羅竟然會找上白先生的貨……」

李政瑜越聽越生氣，不由得怒笑了起來，咄咄逼人地問著：「你還敢辯解？什麼都是你沒想到，好，就算你沒想到那具破銅爛鐵會找上白先生的貨好了，在你知道修宇也是主人的時候，就該命令你那具機械人結束任務，告訴修宇你也是主人了吧？結果你有嗎？你說啊！你有這樣做嗎？」

「夠了！」白修宇大聲吼著：「不要再說了！」

在白修宇的目光逼視下，李政瑜儘管還想怒罵，也只能撇過頭，忿忿地哼了一聲。

視線一轉，白修宇望向泉野隆一，他深吸口氣，緊緊地閉起了雙眼。

「我不要聽你的解釋……因為失去的信任難以挽回，不管你說什麼，我都會忍不住想你說的是真的嗎？還是想要欺騙我的謊言……所以，請你什麼都不要說了。」

白修宇睜開眼，他的右手驀地拂過李政瑜的手腕，只見原本被李政瑜牢牢握住的手槍竟不可思議地到了他的手中。

「隆一，只要你告訴我你也是主人，我也絕對不會對你下手的……可是為什麼？為什麼你要瞞我？為什麼……為什麼你要背叛我？」

紅著眼眶，白修宇緩緩抬起手，冰冷的槍口，直直地對準了泉野隆一。

註：酷斯拉，原名哥斯拉，是深受日本民眾所喜愛的一部電影中的怪獸。

0100101011110001
10010001

DEAD GAME 0110

叛軍

撒哈拉沙漠，晚上十點二十分整。

一望無際的沙漠，在夜空的照拂下，靜靜沉眠。

驀地，空氣彷彿被一種莫名的力量緊緊壓縮，只見一點黑光出現在被壓縮的空氣中央。緊接著空氣一陣波盪，那抹黑光突然擴大，一具又一具的巨大機甲從黑光中急速飛出。

從黑洞中飛出的巨大機甲總共有四具，每一具都有十層樓之高，其中三具是大海般幽藍的機甲，背上有著一雙白色光翼，而另外一具則是耀眼的金色交織著雪白，背上的一雙光翼則是閃爍的金。

「教官，十公里內沒有偵察到空間跳躍的能量波動，我想我們成功甩開近衛軍了！」一道喜悅的男聲同時在另外四具機甲的通訊器中響起。

另一具藍色機甲內，安吉雅的雙眼緊盯著偵察器上的顯示，凝聲道：「拉爾，不要大意，近衛軍也許有反空間偵察器的技能，小心為上！」

「安吉雅說得沒錯，各機立刻回報機體狀態！」

被稱為教官，也就是駕駛金白色機甲的男子說著。他的年紀約是四十出頭，成熟的臉龐隱隱帶著歷盡歲月的滄桑。

拉爾立刻回答：「一號機彈藥殆盡，匕首裝置損壞無法取出，『技能同步』降為百分之三十三，其他一切正常！」

安吉雅的聲音緊接著響起，「二號機彈藥殆盡，『技能同步』降為百分之十二，機體最多只能再使用一次技能！」

駕駛最後一具機體的霍雷報告：「三號機彈藥殆盡，光劍損壞無法使用，左膝蓋遭受破壞無法敏捷移動，『技能同步』降為百分之二十！」

聽著這一則則的信息，教官的雙眉緊緊擰起，他們四具機體的彈藥完全殆盡，主司防禦的安吉雅的「技能同步」也只能再使用一次左右，情況可以說是相當不利。

雖然剛才安吉雅和教官都提醒不要大意，但一直沒有動靜的顯示器讓三號機的霍雷放心了下來。他看著螢幕上死裡逃生的隊友和長官，握著操縱桿的雙手暗暗攢緊了起來。

「只剩下我們了……所以我一開始就不贊同什麼和解！君王說得好聽，說什麼希望和我們達成協議，幫助人民恢復情感……騙人的，果然都是騙人的！高貴的撒蒂雅軍戰鬥員，現在居然變成了喪家之犬！」

安吉雅看著霍雷怨恨的神情，嘆息了一聲，說道：「躲躲藏藏這麼多年，大家都太渴望和平了……基地的其他人雖然懷疑君王話中的真實性，但也是忍不住祈禱君王說的是真的。」

她悲哀地想，死的人已經算少了，還好教官有先見之明，瞞著長老們祕密轉移基地據點，只有留下負責簽署和平契約的長老們，和為了不引起長老們懷疑，偽裝成平民的七百名士兵。

而最後的結果，顯示出了教官的先見之明——長老們早就和君王勾結，為了權勢地位出賣他們，所謂的簽署和平契約，換來的不過是一場大屠殺！直屬於君王的近衛軍強大到遠遠超乎他們的預想，活著逃出來的只剩下他們四個而已……

這已經算是非常少的犧牲了，要是沒有事先轉移走基地中的平民，死亡人數絕對是以萬計算。

拉爾一臉擔憂地說道：「教官，我們還可以回去我們的世界嗎？」

他們能逃出來，用的還是研究所中的空間轉移系統，雖然可以雙向空間轉移，可是他們一回去勢必只能回到研究所內。

而現在基地已經整個落入了君王的手中。拉爾毫不懷疑，一旦他們跳回自己的世界，迎接他們的絕對是無數的帝國士兵。

「一定可以的。」教官毫不遲疑地說道：「只要我們能夠找到Z173號，不只可以回去，甚至還能從它那裡研究出，君王到底是用了什麼辦法讓機械人形能夠使用『技能』還有與主人『同步』。」

一提起Z173號，安吉雅臉色一黯，眼中充滿著難以言喻的傷痛。

她唯一的妹妹對於操控機甲沒有天分，但是在機械研究上的成果是有目共睹，為了獲知君王的機械人形祕密，她柔弱的妹妹自願潛入帝國研究所中。

安吉雅雖然強烈反對，但拗不過堅持的妹妹。

最後，她接到了妹妹第一封，也是最後一封的訊息——訊息上寫著妹妹雖然無法實際參與機械人形的製造，可是意外得知君王要將一批最新型的機械人形送到另一個空間，展開一項祕密計畫。

妹妹冒著曝光的危險偷偷更改了其中一具機械人形的程式，成功了，卻也因此付出生命。

沒有幾天，妹妹的屍體便被高高吊在帝國的城牆上，任由風吹日曬，而身為姊姊的她卻連妹妹的屍體也無法奪回……

安吉雅緊咬著牙，嘴中隱隱傳出鐵鏽的味道。

教官冷冷地說道：「安吉雅，振作起來！軟弱的妳會讓麗莎的犧牲變成一場笑話！」

聞言，安吉雅頓時從回憶中清醒過來，振聲回道：「是，教官！」

教官清峻的容顏上沒有一絲情緒起伏，「安吉雅，麗莎交給妳的搜索系統有任何關於Z173號的蹤跡嗎？」

安吉雅低頭看著腕上類似於手錶的物體，「是的。到這個空間之後，系統便顯示出了Z173號的存在符號，可是由於距離遙遠的關係，系統只有指示出方向，無法正確標示出他的所在地。」

教官點了點頭，說道：「各機聽令，成護衛二號機隊形！現在開始由二號機負責導引方向！」

「遵命！」

在教官的一聲令下，一號機和三號機迅速的移動到二號機後方的左右兩側，教官位於二號機的正前方，形成一個三角護衛形狀。

「各機開啟隱形模式以及反偵察系統！」教官再次發出指示，以這個空間的科技，想必無法探測出他們的蹤影。

在發出命令後，教官也隨之打開隱形模式和反偵察系統，然而卻是一片平靜，系統並未做出任何反應。

——怎麼回事？剛才明明都還很正常的！正當教官錯愕的時候，通訊器傳來拉爾的驚叫！

「亞克歷斯！」

教官心中一驚，視線立即環視四周，就在距離一號機的左前方一百公尺處，一道挺拔的身影靜靜地飄浮半空。

那個男人的右手托著一樣巴掌大的金屬物，緩緩散發出冰冷的銀色光點。是機甲干擾器！

教官立刻說道：「各機聽令，在我發動技能之後保護好二號機，並以最快的速度離開這裡！」

「教官！」安吉雅等三人驚呼！

「找出Z173號，這是我給你們的任務！如果連這麼簡單的任務，你們都無法達成，以後都不要說是我的屬下！」

安吉雅看著教官毫無表情的臉龐，心中掙扎了許久，最終還是無法違逆教官的命令。

教官雙目冷凝，一瞬也不移地瞪視著螢幕上那道挺拔身影，「巴維爾，發動『絕對領域』！」

機甲座艙內頓時傳來一陣機械式的男音，「遵命，我的主人。」

隨著巴維爾的語落，以金白色機甲為中心，一道直徑長達五公里的紅色圓圈驀地張開，男人手中的金屬物所散發出的銀色光點，瞬間被紅色光圈所吞噬。

同時，三具藍色機甲以極快的速度飛離了現場，急速地消失在遠方的天際，再也不見蹤影。

「絕對領域」是教官透過機甲巴維爾所發動的技能，在「絕對領域」所籠罩的範圍內，教官可以任意決定限制敵人（可複數）的一項技能、武器或者是物品喪失作用，但教官和敵人也都無法離開領域，直到教官結束「絕對領域」為止。

因此，安吉雅等人在聽到教官要發動技能時才會那麼驚訝。

在三名愛將遠遠離開之後，教官開啟了對外通訊系統，冷冷地看著那道身影說道：「亞克歷斯，好久不見了，沒想到居然是你來追捕我們。」

亞克歷斯凝視著巴維爾，一雙和教官有著相同顏色的墨綠色眼珠，彷彿能透過那巨大而厚重的機甲，看到裡頭的駕駛員一樣。

「席格……」

教官冷笑了起來，「你已經連『父親』這兩個字都不願意叫了嗎？亞克歷斯，你究竟要墮落到什麼地步才懂得回頭！」

「我不會回頭了，早在我選擇的那一瞬間開始，就算等待我的只有地獄，我也會一直走下去。」

亞克歷斯一臉漠然地說道：「席格，你的『絕對領域』一次只能針對一種生物或者一種物品起到作用，如果你不將『絕對領域』使用在干擾器上，那麼巴維爾根本無法動彈。可是你用在干擾器上，那也就代表接下來你無法再限制我了。」

教官很明白亞克歷斯說的是無法反駁的事實，所以他沉默了下來，一句話也沒有開口。

亞克歷斯微微抬起雙手，剎那間一顆渾圓的巨大火球和一塊巨大冰塊隨之飄浮在他的掌心之上。

「席格，投降吧，不要逼我毀了巴維爾。」

注視著亞克歷斯手中炙熱的紅和冰冷的白，教官的臉色陰暗不定，「不依靠機甲、甚至是新一代的機械人形就能發動技能……亞克歷斯，為了力量，可以拋棄同伴、拋棄信念，這就是你所追求的目標嗎？」

亞克歷斯的神情仍是一變也不變，冷漠地說道：「你的問題，我沒有義務回答。席格，這次我最後一次問你，投降，或是與我戰鬥？」

教官一言不發，但臉色卻是越來越凝重，他早就想過總有一天他會正面對上亞克歷斯，但絕對不是在如此不利的狀況下。

「主人，請戰鬥吧，巴維爾只懂得戰鬥，不懂得投降。」巴維爾平板但卻激昂的聲音在座艙內響起。

教官頹然地靠在駕駛座上，輕輕嘆息了一聲，猶如幻聽一樣地幾不可聞。教官張了張口，「……巴維爾，打開艙門。」

座艙內一片寂靜，沒有任何反應。

「巴維爾，打開座艙。」教官平靜地重述了一遍，而這一次，無法違逆主人意願的巴維爾終究將艙門開啟。

教官從位在背部的座艙，幾個攀爬、跳躍，便身手俐落地躍上了巴維爾的肩膀。

教官的身形如鋼鐵般筆直地站立著，儘管高空中的強風不止，吹得他一身的軍服獵獵作響，但他卻絲毫不為所動。

教官冷冷笑道：「亞克歷斯，我要謝謝你，謝謝你願意在我身上浪費這麼多的時間，讓我的屬下能夠安全撤離。」

「你不需要謝謝我。」亞克歷斯面無表情地說：「因為打從一開始，我的目標就只有你。」

「什——」

在教官面露訝異時，亞克歷斯突然從他的眼前消失，下一瞬，教官只覺得後頸一陣劇痛，便就此喪失了意識。

0100010111001 011011

亞克歷斯穩穩地接住教官倒落的身體，隨手一揮，巴維爾的身形消失，同時他們的身後浮現了一道等身長的黑影，剎那間，黑影變為深不見底的黑洞，將兩人完全吸入洞中。

一陣徐風吹過，帶起漫漫塵沙。

撒哈拉沙漠一片寂靜，宛如這個夜晚從未出現那些來自異世界的訪客。

《機械人形・災難的開始》全文完

敬請期待更精采的《機械人形・泉野之死》

DEAD GAME 01

卷　末　附　錄　01

設　定　集　I

【MasterGame：主人對戰】

是《機械人形》中最主要的故事設定，
而想要贏得對戰，助手、人形都是其中的關鍵。
這次設定集要介紹的就是「主人的升級&助手」。

戰鬥總共分為四個階段，
第一階段，必須消滅三組人馬（主人及其助手）
才能升級第二階段。本集還在第一階段。

機械人形&主人

每具機械人形一次只可選擇一名主人，
而每名主人可選擇兩名助手，攻擊以及防禦。

「劍刃」：
第一階段中，每位主人的初始武器可進化。在遵守規則的情況之下消滅另一位主人，即可獲得劍刃的進化。

「同步模式」：
是指機械人形化成一種液狀型態附著於主人全身，形成一層堅固的保護膜。除保護作用外，「同步模式」更能藉由一種肉眼無法看見的奈米纖維強化整個身體的機能，提升肌肉和神經各個部位的強度以及韌度，讓身體的攻擊力、跳躍力、速度等達到難以想像的地步。

攻擊助手&防禦助手：

每個主人最多可以擁有兩位助手，分別負責「攻擊」和「防禦」。

「攻擊」的助手在戰鬥中只能專司攻擊，不可以做出任何為主人防禦的行動。

同理，「防禦」的助手在戰鬥中只能專司防禦，不可以做出任何為主人攻擊的行動。

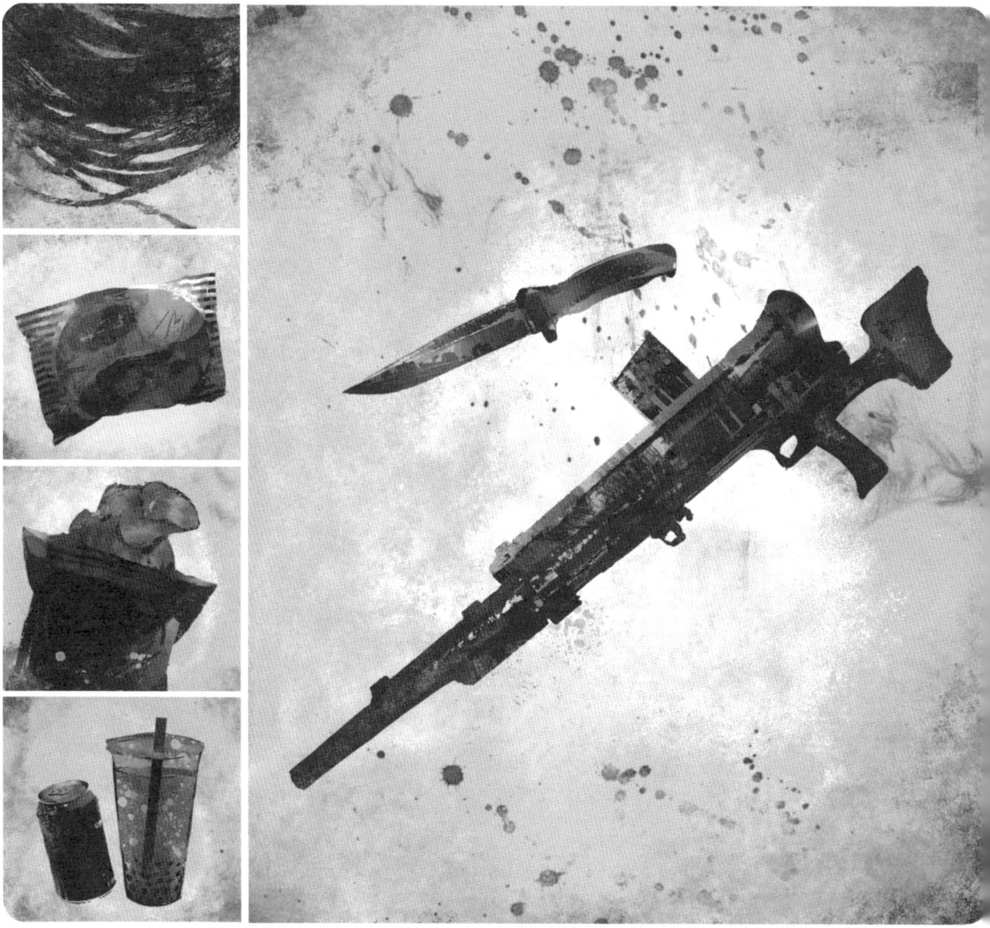

助手手環：
分做「倉庫」和「快取」兩個部分。

「倉庫」的容積大約可以存放三立方公尺左右的無生命物品，只要是生命體或是有人使用的情況下「倉庫」都無法收進。每一樣物品在收進「倉庫」時，「倉庫」就會將物品附著上助手的ＤＮＡ資料。在物品已經附著上ＤＮＡ資料的情況下，其他「倉庫」皆無法將該物品收入。

「快取」就像是電腦的快捷鍵，方便助手在戰鬥中的應用，最多可以設置九種物品的「快取」。

DEAD GAME 01

卷末附錄 02

後記

我是冰龍，承蒙編輯與典藏閣不棄，拙作《機械人形》得以出版，心中的驚喜難以用文字描述，在看到合約時，也仍然有種恍如夢中的不現實感，這種恍惚感我想還會持續一陣子吧……直到整套書出完為止？

不知道是不是有人和我有相同的習慣呢？我很喜歡幻想，尤其是在睡前，總喜歡幻想出一個又一個的虛構角色以及編造出一個又一個我認為有趣的故事，然後在這樣的幻想中不知不覺地睡著，要是作夢能夢到這些睡前的幻想，那就更美好了。

當然，這些幻想不一定會化成文字，但就好像是小孩子喜歡聽睡前故事，而我則是喜歡睡前幻想故事，這已經成為我的習慣。要是我空著腦袋或想著工作諸如此類的事情，反倒會睡不著覺，再累也是一樣的結果。

《機械人形》這個故事的起源在數年前的某個夜晚，當時還算年輕的我（笑）剛看完某部機器人動畫，為了一個很喜歡的角色死去而難過。

也許是真的打擊太大了，儘管我的睡意濃厚，可是在床上翻來覆去，依然久久無法成眠。

無可奈何之下，我就開始幻想如果那個角色沒有死的話，故事會如何如何地發展……然後腦中驀地靈光一閃，起床開機，劈里啪啦地打下一連串的文字。

話說回頭，為什麼這樣的幻想會引發《機械人形》這個故事？這個問題連我自己都覺得匪夷所思。

只是創作就是這麼一回事吧，因為某件事物或某個景色產生靈感，而靈感抓住或放過，也就是一念之間的事情罷了——要不是那部動畫裡我喜歡的角色死掉太過於打擊我了，也許當時就算有了靈感，我也是懶得起床開機，寧可躺在床上直到睡死為止……

返回正題。

在創作一個故事之前，我習慣先想故事的開頭，接著直接跳到故事的結尾，讓故事從一開始就有個確定的結束，而中間部分則是為了如何到達那個「結束」所衍生出的劇情。

確定開頭與結尾之後，我就會開始思考角色，要一個怎樣的角色才會有這樣的開頭，該角色的性格又該如何才會影響到最後的結局？

因此白修宇和黑帝斯便是我最先設定出來的角色，以及該角色的背景。

白修宇，有著悲慘而殘酷過去的少年，家族勢力龐大且富有，但這一生當中他唯一真正擁有的就只有「朋友」。對他來說，朋友便是世界上最為寶貴的存在，朋友是背負過多沉重悲傷的他之所以沒有崩潰的救贖。

黑帝斯，來自異空間高科技國度，一具與眾不同的機械人形，他高傲而自信，目空一切的性格就連主人也不放在眼中，所以他可以理所當然地威脅、恐嚇白修宇，甚至在之後的故事中，能夠看到黑帝斯是多麼渴求證明自己是勝於人類的存在。

兩個主要角色出來了，接著就開始衍生其他主要角色，首先是白修宇方面，始終支持他的李政瑜、勇敢追求所愛的楊雪臻，以及白先生、泉野隆一……等等；黑帝斯方面則是以亞克歷斯、席格、反叛軍、帝國軍、帝國之王……等等，再由這些角色去構築出往後的劇情與方向。

在我的設定中，這些角色無關善惡與否，其實都有一個共通點，就是——堅持。

為了捍衛信念、為了守護至愛、為了追逐夢想、為了達成願望……每一個人都有著自己堅持，而《機械人形》簡單來說就是一部歷經挫折、磨難與生離死別，卻始終不願意放棄心中堅持的故事。

就跟愛情一樣，很多人都喜歡說「永遠」這兩個字，但是就我個人來說，我認為永遠太遙遠了，遙遠得根本無法看見，遑論要將它握在手中了。

既然無法得到真正的永遠，至少為了心中的堅持願意豁盡一切，絕不放棄——那一瞬間，即是永恆。

我是個很懶惰同時又很不堅定的人，很多事情常常中途而廢，因此在看到下定目標就絕不退縮的人，總是會特別的羨慕……所以相對的，筆下的角色也特別偏愛寫這一類型的人，可以說正是因為自己做不到，所以才創造出角色去補足心中的那份缺憾吧。

《機械人形》第一集展開了這場堅持之戰的序幕，在這集的主要劇情最後，以泉野隆一的背叛作為結束。

那麼，泉野隆一的背叛，又是為了什麼「堅持」而做出的選擇？那份「堅持」對泉野隆一來說為何如此重要？

這些問題的答案都會在第二集中揭曉，希望喜歡第一集的讀者朋友之後也能夠繼續支持，儘管這句話很俗，但卻是最能真誠表達出我的想法——你們的鼓勵是我創作的動力，有你們的支持，我才有繼續創作的勇氣。

非常感謝閱讀本書。

冰龍於二〇一一年三月

——本來後記應該到這裡結束，但是，俺交稿的那天，編編才突然跟俺說了一件讓俺感到晴天霹靂的事：

S編：光是後記好像有點普通，這樣吧！我們來介紹妳的房間吧！

冰龍：（大驚失色）俺、俺的房間很亂……

S編：很好！就是要亂！

冰龍：要是讓讀者知道俺房間這麼亂，會影響銷量……（抵死不從貌）

S編：別擔心，這樣才貼近一般人啊！沒問題的啦！

冰龍：……

S編：就這樣決定吧！

冰龍：……

S編：？冰龍妳還在嗎？Hello——

冰龍：……（繼續裝死不答中）

面對冰龍抵死不從的情況，
究竟「冰龍房間大直擊」
的企劃是否會胎死腹中!?
看下去就知道!
NO

在小編和冰龍討價還價之下的結果是……

！冰龍書桌大直擊！

LG螢幕：
哥哥買這台螢幕給俺時，還沒有發生某事件……Orz
桌面則是俺最愛的霹靂布袋戲，主題是六絃！

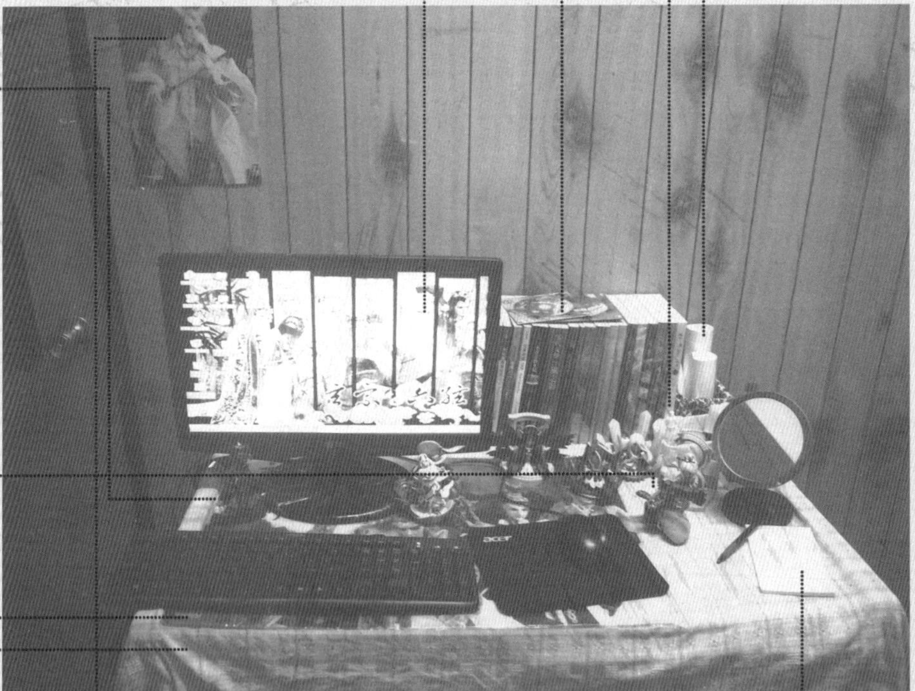

牆上的小海報：
這是好幾年以前和姊姊去逛漫博，
姊姊從霹靂攤位拿回來的……
因為那時候俺很喜歡這個角色（現在當然也是！），
所以用PP袋包著一直貼在牆上捨不得拿下來，每次抬頭就能看見它，
心裡那個治癒啊啊啊啊>//////<

光碟片：
最期待每個星期五下午五點了！（道友，乃們懂的= =b）

裝化妝水的籃子：
原本是個方形的小竹籃，然後俺加工了一下……
補充，這個加工過程俺全部是用膠袋慢慢貼出來的！

眼藥水：
之前眼睛感染，痊癒之後不知道為什麼，
盯著螢幕久了就會很容易疲憊酸痛，
所以需要常備滋潤用的眼藥水……
（或許是因為俺老了也說不定囧）

霹靂公仔：
俺喜歡在桌上擺幾對喜歡的ＣＰ，有ＣＰ的日子是美好的。
公仔的順序分別是：武君、黃泉，棄總、朱武，小叙、素素…
（道友，乃們能懂俺順序所代表的意思！）

鯊魚夾、惡作劇麵包：
鯊魚夾是用來夾頭髮的，當然也能拿來夾夾麵包。
惡作劇麵包則是由於找不到可以用的對象，
所以俺只好努力發掘它其他方面的專長……

記事本：
俺的習慣一定要有本記事本，
這樣突然想到什麼就可以寫下來or畫下來。

桌子：
這張桌子一定要介紹，它從小學一直陪伴俺到現在……
俺算過，它至少應該有二十歲，可以投票了！

餐墊：
一樣是俺喜歡的布袋戲，主題是四奇桌。
桌面是六絃，餐墊是四奇…道友，乃們還是能懂的，
俺是貨真價值的玄宗控，玄宗什麼的最美了啦啦啦啦啦！

1100101110101110000001101011001
10010001000101101011101001010000000100

秘辛
機械人形是這樣來的
COMIC★NEIN
截稿一個月前
喂，冰龍，我是編輯。
別忘了一個月後要交稿喔。
哈哈，沒問題，
我已經在寫了。
今天有什麼好看的？
截稿兩星期前
喂，冰龍，妳稿子寫得怎樣了？
只剩兩週就要交了喔。
別擔心，快寫完了。
放心放心。
不過我最近眼睛狀況不是很好，所以寫得比較慢，但是真的有在寫了哈哈哈。
截稿當天
說好的稿子呢!?
您撥的號碼無人接聽
快點給我接電話！
RRRRRRR
死定了……
NOTE BOOK
趕稿中
下次我一定會早點寫。
By 冰龍

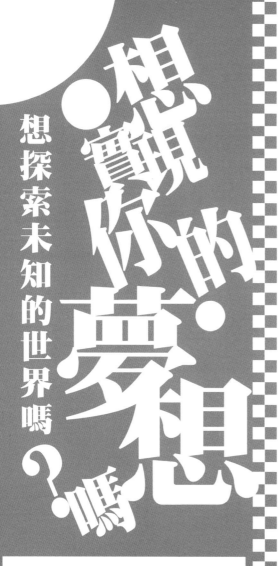

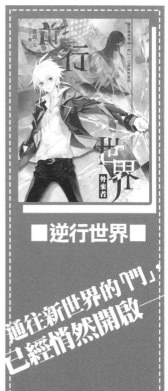

・免排隊 不用錢・
典藏閣，好禮獎不完
日本限量餅乾機、PSP、樂高相機、統統送給你！
活動時間：2011年05月17日起至2011年09月26日止。
BISQUI Q-POT PHON
活動辦法
只要購買任何一本《飛小說》系列小說，並填妥書後「讀者回函卡」，
寄回新北市中和區中山路2段366巷10號10樓「不思議工作室」收，
即完成參加抽獎程序，大獎每個月都等你來拿！
2011/07/05抽出第一階段得獎名單。未得獎者可繼續下次抽獎。
2011/08/16抽出第二階段得獎名單。未得獎者可繼續下次抽獎。
2011/09/28抽出第三階段得獎名單。
2011/10/18抽出終極大獎！所有活動參與者，皆有權參加。
MENU
精采好禮
第一階段獎項：
樂高數位相機（市價2,980）1名
造型橡果喇叭（市價1,480）1名
第二階段獎項：
PSP遊戲主機（市價6,980）+
精選PSP遊戲兩款（市價1,480）1名
花樣年華包（市價1,200）1名
第三階段獎項：
九藏喵公仔（市價1,000）3名
終極大獎：
日本限量時尚餅乾手機（市價23,800）1名
樂高數位相機
造型橡果喇叭
DNAXCAT
九藏喵筆記本
九藏喵公仔
得獎公佈
得獎名單公佈，以官方網頁（http://www.silkbook.com）為準，
並於名單公佈後三日內通知得獎者。
小提醒：詐騙猖獗，如遇要求先行匯款，請撥打165防詐騙專線。
＊詳細活動內容，以官方部落格公佈為準
想增加更多得獎機會？快上FB不思議工作室粉絲專頁：http://www.facebook.com/book4es
主辦單位：典藏閣
協辦單位：采舍國際 www.silkbook.com
贊助單位：華文聯合出版平台 www.book4u.com.tw DNAxCAT

☞您在什麼地方購買本書？☜

☐便利商店＿＿＿＿＿☐博客來　☐金石堂　☐金石堂網路書店　☐新絲路網路書店

☐其他網路平台＿＿＿＿＿☐書店＿＿＿＿＿市／縣＿＿＿＿＿書店

姓名：＿＿＿＿＿地址：＿＿＿＿＿＿＿＿＿＿＿＿＿＿＿＿＿＿＿＿＿＿＿＿＿＿

聯絡電話：＿＿＿＿＿電子郵箱：＿＿＿＿＿＿＿＿＿＿＿＿＿＿＿＿＿＿＿＿＿＿

您的性別：☐男　☐女

您的生日：＿＿＿＿＿年＿＿＿＿＿月＿＿＿＿＿日

（請務必填妥基本資料，以利贈品寄送）

您的職業：☐上班族　☐學生　☐服務業　☐軍警公教　☐資訊業　☐娛樂相關產業

☐自由業　☐其他＿＿＿＿＿＿

您的學歷：☐高中（含高中以下）　☐專科、大學　☐研究所以上

☞購買前☜

您從何處得知本書：☐逛書店　☐網路廣告（網站：＿＿＿＿＿＿＿）　☐親友介紹

（可複選）　☐出版書訊　☐銷售人員推薦　☐其他

本書吸引您的原因：☐書名很好　☐封面精美　☐書腰文字　☐封底文字　☐欣賞作家

（可複選）　☐喜歡畫家　☐價格合理　☐題材有趣　☐廣告印象深刻

☐其他＿＿＿＿＿＿＿＿＿＿

☞購買後☜

您滿意的部份：☐書名　☐封面　☐故事內容　☐版面編排　☐價格　☐贈品

（可複選）　☐其他

不滿意的部份：☐書名　☐封面　☐故事內容　☐版面編排　☐價格　☐贈品

（可複選）　☐其他

您對本書以及典藏閣的建議＿＿＿＿＿＿＿＿＿＿＿＿＿＿＿＿＿＿＿＿＿＿＿＿＿＿

＿＿＿＿＿＿＿＿＿＿＿＿＿＿＿＿＿＿＿＿＿＿＿＿＿＿＿＿＿＿＿＿＿＿＿＿＿＿

＿＿＿＿＿＿＿＿＿＿＿＿＿＿＿＿＿＿＿＿＿＿＿＿＿＿＿＿＿＿＿＿＿＿＿＿＿＿

✌未來您是否願意收到相關書訊？☐是　☐否

✍感謝您寶貴的意見✍

✌From＿＿＿＿＿＿＿＿＿＿@＿＿＿＿＿＿＿＿＿＿＿＿＿＿

◆請務必填寫有效e-mail郵箱，以利通知相關訊息，謝謝◆

印刷品

請貼
3.5元
郵票

235 新北市中和區中山路二段366巷10號10樓

華文網出版集團　收

（典藏閣－不思議工作室）

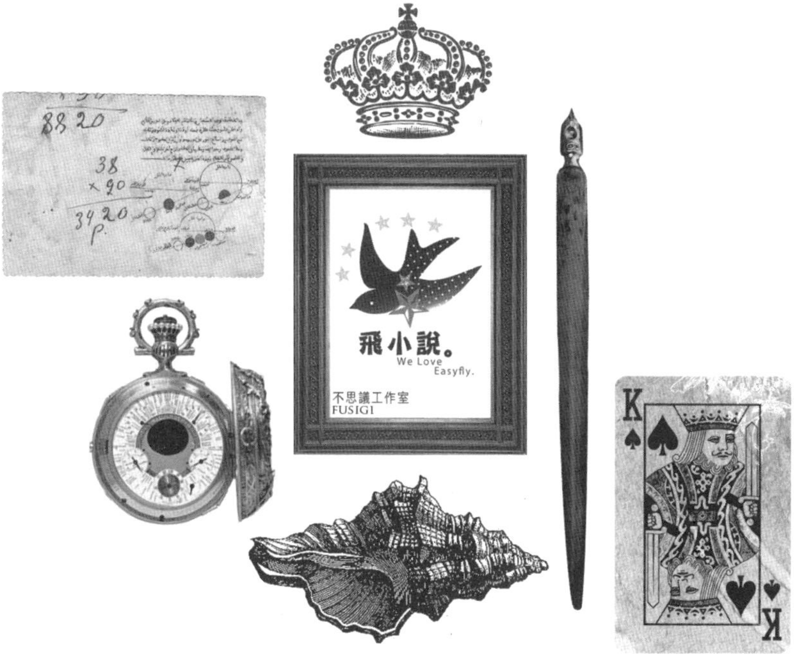

不思議工作室

「年輕、自由、無極限」的創作與閱讀領域

為什麼提到奇幻的經典，就只會想到歐美小說？
為什麼創意滿分的幻想作品，就只能是日本動漫？
為什麼「輕小說」一定要這樣那樣？

站在巨人的肩膀上，是為了看得更遠。
讓我們用自己的力量，打造屬於自己的文化！

不思議工作室，歡迎各式各樣奇想天外的合作提案。
來信請寄：book4e@mail.book4u.com.tw

不論你是小說作者、插圖畫家、音樂人、表演藝術工作者……
不管你是團體代表，還是無名小卒。
不思議工作室，竭誠歡迎您的來信！
官方部落格：http://book4e.pixnet.net/blog

我們改寫了書的定義

董事長　王寶玲
總經理　兼　總編輯　歐綾纖
出版總監　王寶玲
印製者　和楹印刷公司

法人股東　華鴻創投、華利創投、和通國際、利通創投、創意創投、中國電視、中租迪和、仁寶電腦、台北富邦銀行、台灣工業銀行、國寶人壽、東元電機、凌陽科技(創投)、力麗集團、東捷資訊

◆台灣出版事業群　新北市中和區中山路2段366巷10號10樓
TEL：02-2248-7896
FAX：02-2248-7758

◆倉儲及物流中心　新北市中和區中山路2段366巷10號3樓
TEL：02-8245-8786
FAX：02-8245-8718

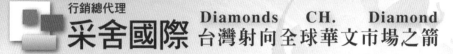

機械人形/冰龍作. -- 初版. 一新北市：
華文網，2011.06-
冊； 公分. --(飛小說系列)
ISBN 978-986-271-075-3(第1冊：平裝). ----

857.7 100007740

災難的開始

機械人形

飛小說系列003

機械人形01- 災難的開始

飛小說。We Love Easyfly.

出版者■典藏閣
作　者■冰龍　　繪　者■巴拉圭毛虫Chi
總編輯■歐綾纖
製作團隊■不思議工作室
郵撥帳號■50017206采舍國際有限公司（郵撥購買，請另付一成郵資）
台灣出版中心■新北市中和區中山路2段366巷10號10樓
電　話■(02)2248-7896　傳　真■(02)2248-7758
物流中心■新北市中和區中山路2段366巷10號3樓
電　話■(02)8245-8786　傳　真■(02)8245-8718
ＩＳＢＮ■978-986-271-075-3
出版日期■2011年6月

全球華文國際市場總代理／采舍國際
地　址■新北市中和區中山路2段366巷10號3樓
電　話■(02)8245-8786　傳　真■(02)8245-8718

新絲路網路書店
地　址■新北市中和區中山路2段366巷10號10樓
網　址■www.silkbook.com
電　話■(02)8245-9896
傳　真■(02)8245-8819